外れスキルの追放王子、不思議なダンジョンで無限成長 2

Expulsion prince of out-of-skill, infinite growth in a mysterious dungeon

ふなず ∞ 珀石碧 Illustrated by

「了解です！長よ！」
「俺たちは最深到達部である三階層まで行く。そして――そこに拠点を作る。皆の力を一つに合わせて挑まなければ、この難事は成し得られない」

「行くぞ！」
戦士たちを引き連れ、
いざダンジョン探索だ。

「俺はこのダンジョンとどう付き合っていくか。
答えが見えてきた気がする。
俺はこのダンジョンと同盟を結びたいんだ。
妖精のような友好種族と交易をし、
古代の秘密を解き明かして
力を手に入れる」

「アンリ……それって」
「駄目だったか？」
「ううん！　すっごく、いいじゃんっ！」
この大樹集落には野菜畑もあれば
大樹に寄生するようにして草花も繁茂している。
一つの生態系が莫大なマナの力により循環し、
息づいているのだ。

「あっ！ オレンジのチップを入れれば香りが良くなるかもですね！」
「それは良い。正式採用にするのだったら交易量を増やせないか交渉しておく」
「それと……それと不純物の排除です！」
錬金術絡みとなると、シーラは物言いがやや活発になる。

「後は分留と遠心力分離と
組成分解とかで……
とにかく、総当たりして
製法を変えてみますね」
「製法が確立できたら
香油も作れそうだな。
高く売れるぞ」
「それも楽しそうですねぇ」
明日の話を楽しんでできる日が来るとは、
夢にも思わなかった。

CONTENTS

[Illust.] 珀石碧
[Design] AFTERGLOW

外れスキルの追放王子、不思議なダンジョンで無限成長2

ふなず

角川スニーカー文庫

22726

プロローグ

俺の領地は獣人が〝死の草原〟と呼ぶほどに魔物だらけの辺境である。

辺境と言っても程度があると思うのだが、王族は仕事と住む場所を選べない。

それに親と、結婚する相手と、死ぬ場所も同様に選べないもので、物悲しいが俺も王族の端くれではあるのだ。

落胆する気分は隠して、シリウスと一緒に村の中を歩く。

エイスとの戦争はシリウスたちの村を壊滅させる結果となり、行く当てのない彼らは今や俺の領民となっている。

「我々は総勢百四名。三十歳以下の者が七割を占めます」

「思っていたより若者が多いな」

「子供はすぐに死ぬので、多めに産むのが獣人の習わしです。出産・疫病・事故、終わりは容易《たやす》く訪れます」

俺を護衛するようにしてシリウスが半歩後ろを付いてくる。誰が氏族長になったのかを示す為だそうだ。

「あ！　やっば……膀胱《ぼうこう》が破れそうかも」

若い女戦士が魔獣となった猪を解体している。

周りには人が集まっていて、皆は彼女が内臓を破らないかとヒヤヒヤしながら見守っていた。

「長《おさ》、おはようございます。猪の解体を見ていかれますか？」

割いた腹から内臓を取り出す彼女が、笑顔でそう言った。

「そうだな、お手並み拝見といこうか」

「ええ！　やりますよー！　見ててください！」

食料自給は目下の問題だ。香ばしくて美味《うま》い救世棒三型《メッツレ・ヴィルガ》も何本あるか分かったものではない。

百余りの領民が越冬まであれだけで過ごすとなると……概算で三万本は必要となる。それだけの在庫があるかも不明であるし、やはり自給は必要となる。

常識として草原の民が爆発的に増えることはない。それは養える限界が低いことと同義。

今年は家畜を潰《つぶ》し草原の獣を狩るにしても来年以降はどうすべきか。安定の為にも農業はぜひ始めたい。

「皆は農業が出来そうか？」

「かなり厳しいかと。慣れていないというのもありますが、狩りをして一人前という気風があるので、抵抗感は強いでしょう。子供や若者を中心に意識を変えるべきかと存じます」

そうなると教育というより文化侵略だ。ある意味では融和と言えるが。

「我々は王国文化に倣うべきかと、考えております」

「狩猟の民が農耕のそれとなるのは、あまりに難しい。俺が合わせるよ」

「我々に合わせてくださるのですね」

「ある程度は。詳しくは話し合って決めよう」

家臣のように胸に手を当ててシリウスが頷《うなず》いた。

しかしまだ問いたいことがあるようで、申し訳なさそうにシリウスが口を開く。

「エイスとの一件、王宮はどう動くでしょうか……」

「奴は第一王妃派閥に属していたからな。敵対する第二王妃派閥の連中がエイスの蛮行を責め立てているだろう。それにエイスは王国軍の要職にも就いていたし……後釜《あとがま》を狙《ねら》って水面下の陰謀が動いているはずだ」

「要職……確か敵兵をアンデッドにして戦わせる特務部隊ですね」

「フザケているだろう」

どんな兵士でもアンデッドとなった同胞が襲ってくれば、戦意が落ちてしまう。

非常に効率的な運用法ではあるが、褒められたものではない。

「王国との基本方針は〝関わらない〟としたいですね」

深く深く心中で同意する俺は、シリウスに共感の目線を返す。

目の前にはシーラの錬金工房があり、話している間は煙がモクモクと上がっていたのだが、会話の終わりに合わせるようにして煙が上がらなくなった。

「あ、お兄さんとシリウスさん」

ドアをゆっくりと開けて出てきたのはシーラだった。

「精が出るな」

「はい！　あ、それとサレハさんはきちんと食事を摂《と》られてましたよ。食欲はあるそうですので、回復も近いです」

「そうか」

「お兄さんのこと、すごく褒めてました」

「そう、なのか……」

「魔術の勉強をしてお兄さんのお役に立ちたいとか。健気《けなげ》で良い子ですね」

サレハは稀代《きたい》の魔術師となれる才覚を持っている。王国二派閥の長兄が一人で万の兵を滅せられる力を持つように、サレハも経験と良き環境があれば同じ高みまで登れるだろう。

「お兄さん、これからのことを聞いても良いですか？」

「俺たちが今後どうすべき、か。まずは現状の説明を簡単にしようか」

「はい。お願いします」

「ああ」

草の上に皆で腰を下ろす。

「ここはラルトゲン王国南西端の辺境中の辺境。俺は一領主だからいずれは王国に税を納める必要がある。もしくは規模に応じた兵を拠出するかだな」

「私たち……すごく貧乏ですね……お金、ないです……」

「慣例として……開拓より二年は税関係は免除される……筈《はず》だ。だが嫌がらせでどんな命令が来るか分からない」

「ポーション作りでお金を稼げれば良いんですけど」

「それは危ない。新技術は秘匿すべきだ。それと外交関係、この領地の周囲についてだな。誰と仲良くできるか考えよう」

内の問題は山積しているが、外にも問題はある。

国境線とは「この線を一歩でも越えたらぶっ殺す」と国同士で定めた大事な大事な見えない線であり、悲しいが俺の領地は複数勢力と国境を接しているのだ。

「西は獣人さんの集落で、東はお兄さんの住んでいた王国でしたね」

「そう、西はシリウスたちのような獣人、それと亜人の領域だな。俺としては彼らと交流を深めていきたい。王国は内乱が起こりそうだから、できるだけ距離を置いて……巻き込まれないようにしたいな」

「ここは田舎ですものね。ジッとしてたら偉い人も私たちを忘れちゃうかもです」

シーラが名案を思いついたかのように、嬉《うれ》しそうに言った。

そうであれば嬉しいが、そうはいかないだろう。王国はそこまで甘くない。

「北は〝教皇領〟だ。拝月教《はいげつ》の教皇様がおわす聖地。度重なる王国の侵略と軍事恫喝《どうかつ》により国土は南北にまたがるオルザグ山脈周辺のみに追いやられていて、王国を死ぬほど恨んでいる」

王国というよりボースハイト家を恨んでいる。宗教弾圧もしたし、聖職者の叙任権を奪ったりと俺たちはやりたい放題だ。

「南はダルムスク自治領……二十六年前の大戦争で王国の属国、いわゆる自治領となった。王陛下が一つの都市をまるごと消滅させたから……王国を死ぬほど恨んでいる」

それに当時の統治者の尽《ことごと》くをボースハイトの手により弑《しい》した。

その後はどこぞの少数民族を無理やりに玉座に就かせて欲と権力に溺《おぼ》れさせたのだ。こうしてダルムスクの民の憎悪はボースハイトより仮初めの統治者に向けられている。

だが、かつての正統なる統治者の縁者はボースハイトを死ぬほど恨んでいると聞く。

「シーラの国のことを話してもいいか？　嫌なら省くが」

「いえ……大丈夫です。私もきちんと、この世界を知りたいです」

「ありがとう。獣人亜人の領域を抜けて西にずっと行けばラル＝ザーン聖国。エルフの大国で、ここはシーラの生まれ故郷オルウェを保護国としている。王国とオルウェとの開戦に聖国は激怒しているそうだ……余波が来るかも知れん……」

「はい……」

「東にずっと行けば吸血鬼が治めるヴェルドギア真祖国。少数の吸血鬼が多くのヒュームを統治する変わった国でな、王国と聖国には劣るがそれなりに大きい」

「もしかして……真祖国も王国を恨んでいるんですか……？」

シーラの彗眼《けいがん》には恐れ入るばかりだ。その通り――恨みに恨んでいる。

「歴代の統治者同士で殺したり殺されたり、領土を枯れ地にしたりされたりした。王国は麻薬を大量かつ安価に輸出して……真祖国の内政をメチャクチャにしたりと、それはもう

「……」

「ちょっと待ってください。あのその、仲の良い国はないのですか？」

「ない。一つたりとも。ドワーフの帝国とも犬猿の仲だ」

俺は遠い目をしているだろう。シリウスも知ってはいただろうが、改めて口にされたのが応《こた》えたのか額を指で押さえている。

「どうだ。王国が好きになっただろう」

「主《あるじ》よ、なぜ王国が滅んでいないのかと、疑問が尽きません」

「俺もだよ」

さらに俺たちはいつ王国に潰されるかも分からない身の上。

目を瞑《つむ》れば死神が鎌を片手に全力疾走してくる情景が浮かんだ。

活路は一つ――そう、ダンジョンである。ここを迷宮都市として発展させ、どんな艱難《かんなん》辛苦《しんく》も撥《は》ね除《の》ける強さを持つのだ。

その為には戦士たちの人手が欲しいが、シリウスに全てを話すべきかと迷う。

しばしの沈黙――意を決した様子のシーラがそっと耳打ちしてくる。

(ダンジョンのことですけど……きっと、いつかバレちゃいます。その時にお兄さんが嘘をついていたってシリウスさんが気づいたら、お互いに傷ついちゃいますよ)

嘘をつく。傷つける。その罪過は既に犯している。

（あのぅ……お節介でしたか……？）

いや、素晴らしい助言だ。深く息を吸い、吐き、心を整える。

「シリウス、この領地には秘密があると言ったな」

「しかと憶《おぼ》えております」

瞳《ひとみ》を見る。濁りなく、人を助ける英雄のそれ。俺とは違う。

間違いなく善人だろう。今日までの印象が物語っている。フルドが彼を見る時、フェインが、戦士が彼を褒め称《たた》える時、そこには敬意が感じ取れた。

俺は俺の目利きを信じる他ない。信用しよう。

それに嘘をついてもダンジョンの存在など隠し通せるものではない。

「俺が今から言うことは――」

ヒュームと獣人とエルフ、不揃《ふぞろ》いな三人ではあるがこうして俺たちは秘密を共有しあう共犯者となった。


シリウスに全てを説明し終えた後、シーラの勧めもありサレハの看病をすることとした。

家の二階、自室。

カーテンを開けきった部屋には春の陽気が無遠慮に入り込んできていた。

部屋の中は殺風景の一言に尽きる。ベッドが二つと衣装箪笥《だんす》、それと文机があるだけで私物らしい私物は置いていない。

「体の具合はどうだ」

ベッドの上のサレハに声をかける。

今までサレハを気にかけたこともないのに、俺は案ずるように語りかけている。察するに、恐らく俺はサレハに蛇蝎《だかつ》のごとく忌み嫌われている。

王宮で過ごした日々で、俺はサレハに何も与えていない。薄情な兄のもとで過ごすのはサレハにとっては辛《つら》いだろう。だが帰れば死が待つ王宮に返すのも忍びない。

「――というわけで、俺はトールとシーラに王族であることを隠している」

「なるほど……よく分かりました……」

肘《ひじ》をついてサレハが上体を起こす。

「僕は、僕は……王宮に帰った方が良いでしょうか……?」

唇をギュッと結びながら、エイスが起こした惨事に心を痛めている。

〝あの場所〟に帰るというのはサレハにとっても気が重いようで、幼い横顔はとても物憂げである。

「子供が生意気を言うな。大人に任せておけ」

優しい言葉が思いつかない。ぶっきらぼうな物言いになってしまった。

「兄様……」

「とは言え……贅沢《ぜいたく》はさせてやれん。食事は粗末だし、華美な衣はまとえない。王宮の暮らしよりここは辛いかもしれないぞ」

「僕も畑を耕して、働きます」

降水量の少ないこの草原で農業は厳しい。だが牧畜だけでは面積に対して養える領民は少なくなってしまう。

灌漑《かんがい》は……ゴーレムの力を借りれば行けるかもしれない。しかし川の水を奪えば利権問題が噴出する。慎重になるべきだ。

「羊飼いくらいはしてもらうかもな。知ってるか、あの子らは頭突きしてくるんだぞ」

「意外に凶暴なんですね」

「ああ……俺を倒して恩寵《おんちょう》度を上げたかったのかもな」

「ふふ」

初めて笑った。年相応の顔。

「あれ、どなたか来られましたよ」

控えめなノック音にサレハが怪訝《けげん》な声を出した。

「頼んでいたんだ」

「…………？」

ドアがゆっくりと開かれる。入ってきたのは片手に桶《おけ》を持ったシーラで、そこには透き通った水が中程まで入っていた。

「お邪魔します。お兄さん、サレハさん」

ベッド横のサイドチェストに桶が置かれる。シーラは手際よく布を絞り、体を拭《ふ》く準備を整えてくれた。

「贅沢はさせてやれんと言ったな」

「は、はい」

「まず……風呂《ふろ》がない……」

「なんと……」

ここは遺物の家ではあるが、風呂場はない。そもそも個人宅で風呂を備えるのは贅沢の極みであるし、火事などの危険も付きまとう。

「お兄さん、体を拭きますので」

「ああ」

「あの、分かります……よね？」

「…………」

何を？　何も分からない……。体を拭くのなら自分でさせればいい。背中くらいは俺がやってもいいのだが、シーラは布を片手に立ちすくんでしまっている。

「どうしたんだ？」

「サレハさんは女の子ですよ……あのその、出ていって……貰《もら》えると……助かります……」

頬を赤くするシーラは……俺を変態だと思っているのだろう。

サレハもキョトンとしてから沈思。少ししてから勘違いに気づいたようだった。

「シーラさん。僕は、男……です……」

「ええっ⁉」

「な、なのでその……体を見られるのは……ちょっと……」

「ご、ごめんなさい！」

シーラが顔を両手で押さえて蹲《うずくま》ってしまった。そこまで気にすることはないと思うが。

「ううう……やっちゃった……また……」

「またとは」

「お姉ちゃんには内緒にしてください……絶対にからかわれちゃう……」

「分かった分かった」

「信じてますから……」

俺たちのやり取りを見て、サレハの緊張も少し解けた。

確かにサレハの見た目は中性的で、少女と勘違いするのも頷《うなず》ける。母譲りの濡羽《ぬれば》色の黒髪はよく手入れされていて、細い体つきはうちの戦士たちとまるで違う。

「サレハ、ここは王国と違ってヒュームの方が少数派だ。皆と仲良くするんだぞ」

「はい、兄様」

前々から思っていたが〝兄様〟とは何だろうか。様というのは目上に付けるもので、よそよそしさの象徴……やはり嫌われているのだろうか？

「俺を甘い男だと思うな」

「ええ……兄様は芯《しん》のある、お強い男性です」

「……違う。甘やかさんという意味で……まず、個室など与えん。俺と一緒の部屋で寝泊まりしてもらう」

さぞ嫌だろう。だが個室を与えて贅沢させれば、不公平な領主だと皆に軽んじられてしまう。不和から来る統治崩壊は避けるべきだ。

「………はい」

こちらをジッと熱い視線で見てくる。どういった感情なのかは不明。

「兄たちに俺らは狙われている。サレハ、体の調子が良くなったらできるだけ俺の側にいろ。不自由だろうが、我慢するんだ」

「はい！」

「乗り気だな……まあ、何だ。よろしく頼む」

「これからは……兄様をお支えします……」

己に向けられる悪意は腐るほど見てきた。

表情、声、仕草、隠そうと思っても触れる時間が長ければ、嫌でも見分けられるようになるものだ。

しかし……サレハからは悪意を感じ取れない。今までの態度はまるで俺に好感を持っているように思えるのだが、好かれる理由がない。

嬉《うれ》しくは思うが不安でもある。まるで砂上の楼閣を与えられたような心地だ。

「お兄さんのことを大切に思ってらっしゃるんですね」

「はい……故郷で一緒に住んでいた時、何度も守ってもらったんです」

それはない。そもそも喋《しゃべ》ったことすらないのだ。サレハは俺に気を遣っているのか。

「僕が失敗して兄たちに目をつけられそうな時……兄様はもっと目立つようにわざと同じ失敗をして、意地悪な兄たちの気を引いてくれました。そうやって何度も……助けてくれたんです……」

シーラが柔らかく微笑み、こちらをチラリと見た。気恥ずかしい。

「全く記憶にない」

「お兄さん、そんなに照れないでください」

「いや……本当に……」

本当に知らないのだ。

思い出そうとしても記憶に霞《かすみ》がかかるようで、取っ掛かりすら摑《つか》めそうにない。

「後で滋養のある食事をお持ちします。お邪魔になるので失礼しますね。あの、それと……さっきの件はお姉ちゃんには内緒ですからね」

「はいはい」

「もー、はいは一度ですよ」

シーラが退出するに合わせてサレハが体を拭き始める。素肌を晒《さら》すとより一層細く見える。俺も幼い頃は心が辛くて、食事をろくに摂《と》れない時期があったものだ。

「手伝おう」

浅黒い肌は第四王妃シーリーンの子であることの証明。

彼女は王宮のどこかに幽閉されている。だが外交的に複雑な存在で王族も簡単には手を出せないはずだ。

「痛くないか？」

「いえ、大丈夫です」

汗汚れのついた布を水桶につけて洗い、絞り、背中を拭く。

「ここは草原ですよね。他の皆さんは水浴びをされているのでしょうか」

「いや、川にはバカみたいにデカい人喰《ひとく》い魚がいる」

「魔境ですか。ここは」

「魔物がいる辺境だから魔境だな。ははは」

「笑い事にされてる……」

公衆浴場があれば領民の生活がより良くなるだろう。

衛生という考えは研究者の間でも熱を持って語られる問題。疫病を防ぐ有効策にもなり得るし、心の健康にも繋《つな》がる。

「問題が山積みだな。一つ一つ、潰《つぶ》していくか」

食料を自給する手段を考え、どこかの勢力と対等な協力関係を築き、必要な物資を買う為に――それと将来の納税の為に金を稼ぐ。
これらはダンジョン由来の遺物で解決できるものと、そうでないものがある。
どうしたものか、と俺は足りない頭を悩ませるのであった。

第1話　楔を打て

出稼ぎをするには健康な体が必要であるように――外で何かをする為にはまず内なるものが万全でなければいけない。

となると、答えは単純である。

まずはダンジョンで村人を育てに育て、外の世界で生き延びられるように鍛えればいいのだ。

ダンジョン攻略は始まる寸前であり、石碑の部屋は人でひしめきあっている。

槍《やり》や弓を持つ者、背嚢《はいのう》を背負った者。

村人のうち狩りや戦闘の経験があるものは男女で四十二人。ダンジョンに割ける人手は大幅に増した。

かなり緊張している。居並ぶ戦士たちの視線は俺に集中しており、最前列にいるシリウスが目で合図を送ってくるのだ――氏族長として下知を出してくれ、と。

「仔細《しさい》はシリウスから聞いたと思うが、ここは若き迷宮都市である。貴君らの糧はこの先に続くダンジョンのみ。死という結果は取り消され、成長という過程は打ち消される。慈悲と悪意が混在した場だ」

同い年くらいの戦士がごくりと生唾《なまつば》を飲むのを見るに、反応は悪くない。

獣人が好む為政者の喋り方をもっと勉強せねばいけないだろう。そう考えると覚えるべきことが本当に……多い。

《神々への奉仕者もとい生贄《いけにえ》を増やしたのですね。個体名アンリ》

俺にだけ聞こえる声らしい。カーナが何やらほざいていた。

《ゴーレムをダンジョンに入れようと考えたでしょう？　魂なき者は入ること能《あた》わず。貴方《あなた》の浅はかな考えはとうに見抜いております》

駄目なのか。良い考えだと思っていたのに。

《貴方がのたうち回るさまをここから見守ってます。ああ、それと……お駄賃も用意しております》

お駄賃とは遺物だろう。

貰える遺物は〝生き延びる〟という目的に添ったものが多い。

家・防壁・錬金術・鍛冶《かじ》・食料生産に防衛兵器。

兵器は防壁に備え付けるような守勢の兵器しか見当たらない。

ここを作った古代人が〝平和思想〟だったのか。それともここが〝防衛拠点〟であったからそういう遺物しかないのか。真相はカーナが知れど、教えてはくれなそうだ。

先ほど猪を解体していた女戦士が口を開き、「あの、長《おさ》殿！」と質問してくる。

「長殿は長ですが、シリウス殿を今後、なんとお呼びすれば？」

「シリウス様やシリウス殿、以外での呼び方ということか」

「はい！　そうです！」

察するに役職を与えてくれという意味。尊敬する元氏族長が自分たちと同じ位まで下がるのを嫌がっているのだ。

「副氏族長などは如何《いかが》だろうか！」

「ヒュームには将軍や軍団長という役割があるらしいぞ」

「偉そうなのをぜひ付けてあげたいわねえ」

一気に空気が弛緩《しかん》する。

シリウスの額に青筋が走っているのが見えないのだろうか。「私が一喝して鎮めましょうか」という目線をシリウスから送られるが、手で制した。

「テメエら、さっきからうるせえぞ！　長の言葉を遮るんじゃねえッ！」

声の主は長い鉄の棒を持った偉丈夫——お調子者のフェインだった。

大喝に場が静まり返り、シリウスは二度頷《うなず》く。

「我らが長、続けてください」

「知っての通り、戦士らは狩りに防衛と本来の務めがある。このダンジョンに潜れる者は十五といったところだろう」

魔術弩砲《マギア・バリスタ》の操作に一人一台、防壁の上で警戒に務める者。狩りは死人が出ないようにシーラの治癒ポーションを持たせた精鋭集団でさせる。

「その為有事に備えて俺かシリウス、どちらかは常にダンジョンの外で控えねばならん。軍権は俺にあるが、緊急時はシリウスに貸し与えるという形だ」

俺が死ねば緊急時——故にシリウスが俺を殺せば下剋上《げこくじょう》の完成となる。だが心の根っこが善性であるシリウスに裏切られるようなら、そもそも俺は君主の器ではない。

「これからはシリウスを戦士長と呼ぶように」

戦士たちがほっと胸をなでおろした。

俺が為政者——いわゆる氏族長であり、シリウスは軍職の長となる。

高位の軍職はどの時代においても信用厚き忠臣に任されるもの。それは獣人でもヒュームでも変わりないようで、戦士の皆も好意的な感触を返してくれる。

「さて、皆に聞きたい。この赤い液体は何だろうか」

用意してあった瓶は人数分ある。

シリウスが手際よく配っていき、皆はそれをまじまじと見つめていた。

「シーラ姐《ねえ》さんのポーションでしょうか？」

「正解は――俺の血だ」

皆の笑顔が急激にこわばった。

ある戦士は壁に飾ってある頭蓋骨《ウィル》と俺を交互に見比べている。何というか、部屋の雰囲気と言ってる内容は邪教結社に近いのではなかろうか。

「それには特別な効用がある。貴君らは力を欲する者か？」

「主《あるじ》よ、それは悪魔の物言いです」

ちょっと皆をビックリさせたい気持ちはあった。それは否めない。

俺の能力《スキル》――劣化無効は体に取り入れたマナをそのままに留《とど》められる。普通の人は穴の空いた水筒から水が漏れるようにしてマナを失うものだが、俺はそうではない。

疑問顔の若い戦士が俺を見上げてくるので、教えることにする。

「歴戦の狩人《かりゅうど》が年老いて、新進気鋭の若者に負ける。そういった光景を見たことはないか？」

「ありますっ！」

「俺の血は老化や病気による衰えを無効化する特性があるんだ。それにダンジョンで得た力は外に出れば奪われてしまうが、それも打ち消せてしまう」

「吸血鬼が眷属《けんぞく》に力を与えるようなものですね」

と言われると、かつて倒したトゥーラを思い出してしまう。

老いや死を超越した存在である彼ですら最後は玉座に一人きりであった。権威と孤独は切り離せぬ友のようであり、それは俺も例外ではない。

「強くなりたいか？」

「それはもちろん！」

穢《けが》れしボースハイトの血に頼るなどヘドが出るが、今は謎多き俺の体に頼らなければ。

「俺の血を飲めるか？」

「も、もちろんですっ！　喜んでっ！」

言い淀《よど》まれてしまった。

戦士は瓶の蓋《ふた》を開けて、中に満たされた赤い液体を覗《のぞ》き込んだ。

「この血を飲んで爺《じい》さんになるまで狩人をやれば、自分も長や戦士長のように強くなれますか？」

「なれる。後はお前のやる気次第だ」

「おお！　槍が折れても心が折れなければ、自分たちは無敵ってことですね！」

「……そうだな？」

よく分からない発奮を見せた後、彼は瓶を傾けて勢いよく飲む。

周りの戦士も彼に倣い、瓶の中身を空にさせた。

「俺たちは最深到達部である三階層まで行く。そして――そこに拠点を作る。皆の力を一つに合わせて挑まなければ、この難事は成し得られない」

「了解です！　長よ！」

「行くぞ！」

戦士たちを引き連れ、いざダンジョン探索だ。


三日間、ひたすらに一階層で魔物を倒した。

一階層はマナ濃度も薄い為、魔物の質もそこまで高くはない。腐食粘体《ブルースライム》や虚騎士《ホロウナイト》あたりを倒していけば、戦士たちの恩寵《おんちょう》度も少しずつ上がっていった。

今やフェインの恩寵度は十八、戦士たちは平均して十くらいの強さとなっている。入る前からそれぞれ五程度は上がっているので、順調だと言えるだろう。

「虚騎士《ホロウナイト》は関節部分に魔法陣が描いてあるんだ」

一階層の通路には鎧《よろい》の魔物が倒れている。無生物だが虫の息と言って差し支えないだろう。見た目には白い騎士鎧――ヘルムを取ると、首の後ろ部分には魔法陣が描かれている。胴鎧にも同じように魔法陣が描かれていて、その二つは互いに不思議な力で引っ張り合っていた。

「ヘンテコな魔物ですね。中身が空なんて」

若い戦士が感心しつつヘルムを観察している。

「魔力の力場で魔法陣同士が引っ張り合ったり、逆に押したりしている。これが筋肉の役割を果たしているんだ。倒す時は外傷を与えるより、魔法陣を傷つける方が楽だな」

「なるほど！　槍で突くより柄で鎧をへこませた方が、魔法陣もぐちゃぐちゃになって倒しやすいのですね！」

「そうだ」

シリウスには村の守りを担当してもらっているので、必然的に俺が指揮官の役割を果たしている。どの魔物をどうすれば倒せるか、ここの通路は行くななど――まるで教官のように振る舞っていたら、若い戦士たちも俺の言うことをより素直に聞くようになった。

「死ぬ心配がないとなると、戦うのが俄然《がぜん》楽しいです！」

「蘇生《そせい》されるだけだ。あまり無茶はするなよ」

「いやあ、死ぬまで戦えるなんて、ここは最高ですよ！　まるで戦士の館《やかた》です！」

瞳《ひとみ》が危険な光を放っている。ちょっと怖いと思うほどに。

〝戦士の館〟とは優れた戦士が死後に行ける場所のことで、フルドが入りたいと言っていた〝英霊の戦士団〟が住まう場所だ。

「長と一緒に戦士の館に行く日が楽しみですっ！」

「…………ははは！」

笑ってごまかす。俺は死んでからも戦いたいとはとても思えない。

ボースハイトの男らしく、冥界《めいかい》の獄卒相手と戯れる方がお似合いだ。

「進もうか」

「はい！　俺がお守りします！」

淡く光る壁のおかげで視界は良好。通路を進んで小部屋に入る。

一階層の真ん中にある小部屋は三つの出入り口があるので、その全てを戦士に封鎖してもらう。

「北が正解の道で、東にまっすぐ進めば毒霧を噴霧する罠《わな》部屋がある」

「俺様は毒は嫌いだ、長よ」

「好きな者がいてたまるか」

地面に広げたお手製地図で皆と探索路《ルート》を練っている。

フェインは膝《ひざ》をつきながら地図を眺めていた。

「この前は助かった。場が引き締まったよ」

「群れの一員としてすべきことをしただけだ」

「意外だったな。俺はフェインが一番突っかかってくると思っていた。貴様なぞ長ではない、俺様の方が強いのだー、とか言うかと」

「む、そこまでバカではない」

「そうだったのか」

「……統率のない群れの終わりは悲惨だ。長は同胞で共食いする悲惨さを知らんでしょう。冬を越えられず、赤子を抱いて凍死する親をな、俺様は見たことがあるのだ」

「そうか」

「強い群れの一員でありたいのだ。その為なら俺様は泥だって啜《すす》ろう」

見直した。妻が見つからないと嘆いていた姿が懐かしいほどに。

「真剣なところを女性陣に見せてはどうだ」

「わけが分からぬ。女は腕っぷしが強い男しか好かんのだ。みみっちいのを考えるのは弱い証《あかし》だし、俺様は弱いところは見せん！」

やはり……駄目かもしれない。

地図をくるくると巻いて紐《ひも》で留め、底なし背負い袋《アビス・サックス》にしまい込む。下知を待つ戦士たちがいるので、言うべきことを言うこととする。

「東路をフェイン含む十五名で制圧。ぐるりと一周回ってこの小部屋まで帰ってくるんだ。俺とトールとガブリールは西路を制圧する。取りこぼしがないように殲滅《せんめつ》を意識してくれ」

「応！」

先ほどの戦士とフェインたちが短槍《たんそう》片手に小部屋を出ていく。

「いってらっしゃーい！」

「行ってきやす、トールの姐御《あねご》」

トールが手を振り、戦士たちも後ろ手に返していた。

「なんで姐御って呼ぶのかな？　ま、いっかぁ。ねえアンリ、大丈夫かなぁ皆」

「まだここら辺は数の暴力でなんとかなる。それと魔導銃の手入れは大丈夫か」

「毎日磨いているけどさ、手入れとか分かんない」

「技師がいれば良《い》いんだがな。火薬炸裂《さくれつ》式だと煤《すす》が内部に溜《た》まったりするらしいが、魔力式は難しいな」

「分解してみよっか。バラバラにして洗って、油を塗るの」

「たぶん……二度と元通りにはできないだろうな」

「あたしも、そー思うよ。それに爆発とかしそう」

白壁に包まれた通路を進む。

一階層ならば俺だけでも苦戦する要素はないが、今回の副目的はダンジョンの仕組みをもっと理解することだ。

どこから魔物が出てくるのか。上の階から下りてくるのか、マナ溜まりから発生するのか、それともたまに見受けられる小さな穴から這《は》い出てくるのかを調べておきたい。

二度角を曲がって別の小部屋前にたどり着く。ガブリールが俺の裾《すそ》を咥《くわ》えてくるので魔物がいるのだろう。慎重に覗けばそこにいるのは緑肌の子鬼――盗人子鬼《シーフゴブリン》だった。

「珍しいな」

魔道具や武具を俺に届けてくれる魔物だ。滅したい。

「この銃もあいつからだっけ？」

「そうだ。あいつらはどうやって大袋の中身を集めているんだろうな」

「作ってるとか……」

「ゴブリンは冶金《やきん》と鍛冶《かじ》ができない」

「観察しよ。宝物殿とかあるかも！」

作れないとなると拾っている可能性が高い。

二人して息を潜め、魔物の様子を窺《うかが》う。

「ゴソゴソしてるね……」

大袋の中に手を突っ込む魔物だったが、中身はあいにくと空だったらしい。

逆さにしてもホコリしか出ていない。

「ギャーッ！」

苛立《いらだ》ち混じりの雄叫《おたけ》び。

魔物はまた袋を背負って、俺たちとは反対方向の出口へ向かって歩を進める。

「中身がないとイライラする魔物なのかも？」

「確かに、強い武具を集める習性があれば強くなれるな」

ブーツの底が石床に当たれば、それなりに音がする。

音と気配を殺して、魔物の二十歩後ろで尾行を進めた。

「ギャギャッ！」

ダンジョン内には虫が食い破ったような穴が見受けられる。そのうちの一つに魔物は右手を突っ込んでいた。

「食べ物、探してるのかな？」

「となると虫あたりか」

腕では飽き足らず頭まで突っ込んでいる。穴の中は真っ暗闇だが、魔物は意にも介さず
しばらくそのままだった。

「――――ッ!!　ギィ――――ッ！」

何かを摑《つか》んだらしい。魔物が両手《もろて》を振り上げて快哉《かいさい》を叫んだ。

「やめてー！　はーなーせーっ！」

人の声？　音の発生源は魔物の手中にあり、その声は幼い。

「アンリ、あれ……妖精《ようせい》じゃない？」

「初めて見たな。なぜこんな不浄な場所にいるんだ……擬態した魔物か？」

「助けないと！」

「…………」

妖精伝承は本で読んだことがある。旅人を崖《がけ》に誘い込んで突き落としたり、大熊に変な
キノコを与えて人里で暴れるよう仕向けたりと、非常に厄介な存在だ。

そもそも王国内に妖精種はほぼいない。錬金術の材料として大量に捕獲した歴史がある

為、妖精は周辺国家に散り散りに逃げているからだ。

「あぎゃー、やめれー！　だいこー、たすけてーっ‼」

目元を隠すように伸ばされた金髪。髪が揺れるたびにガラス玉のような綺麗《きれい》な瞳が見える。青色の、肩を出すワンピースは確かサンドレスと言ったか。口調からは高度な知性は感じ取れず、高位存在とは思えない。

だが妖精は珍妙なことに両手で体軀《たいく》より大きなスクロールを持っていた。

「なるほど盗人子鬼《シーフゴブリン》と妖精は捕食関係にあるのか。妖精がどこからか魔道具等を収集し、緑肌の彼が捕食ついでに捕まえる。妖精なら種類によっては高い技術と魔力を持つからスクロールを自作している可能性も――」

「ねえ、助けようよぉ」

「もう少し様子を……ダンジョンの謎が……」

「ふーん」

トールが湿り気のある半目で当方を見据えてくる。

そう言えば妖精とエルフは友好関係にあった。俺としてはギリギリまで捕食を観察したかったが、人でなしと思われるのも辛《つら》い。

「おりゃあ」

トールが忍び寄り、魔物の側頭部を魔導銃のグリップで叩《たた》きのめした。

魔物は激痛に頭を抱えていたが、気勢を取り戻す前に両足を深く斬《き》りつける。

「トール、止《とど》めを頼む」

「りょうかい！」

トールに剣を渡して心臓部を貫いてもらう。戦闘においてより貢献し、相手の魂を終わりに至らしめる割合が大きいほど奪えるマナは大きくなる。

魔物の体が光と共に消滅し、後には呆然《ぼうぜん》とした様子の妖精が残されていた。

「だいじょうぶ？　あたしはトールって言うの。怖かったよね、もう安全だから」

「はえー、オオカミだ」

「うん、ガブリールって言うの」

「ガブ。ガ家のブリール様！」

「ん、違うって。ガブリールが名前。家名はないよ」

古代人の命名法でガブリールを呼ぶのか。となると三千年以上前の文化を継承しているのと同義で、ダンジョンの謎を知っている可能性もある。

「久しぶり、えーとル……ド、なんだっけ？　忘れた……」

妖精がくるくると回りながら飛んできて、俺の肩に手を置く。

「俺はアンリ、ここのトールの仲間だ。君の名前は？」

久しぶりとは言うが互いに初対面である。妖精の言に惑わされるのは良くない。

「名前はないー。私たちはたくさんいるからー」

先ほど口にしていた「だいこー」という言葉。推するに「だいこー」は「代行」で頭領などの代行といった存在なのだろう。

「代行様には会えないかな？」

「助けてくれた恩義があるし、だいこーも喜ぶ。けどアンリ……お前はなんかイヤ～な感じ。腐った蜂蜜《はちみつ》みたいな臭いがするー」

「蜂蜜は腐らないぞ」

「ほんのーが嫌いって言ってる。けど恩人だからすきかも」

慣習通りヒュームを嫌っている。となるとダンジョン外の普通の妖精なのか。

妖精はまた上機嫌にくるくるとその場を飛び回り、ガブリールが嬉《うれ》しそうに吠《ほ》えた。

「ついてこい！　わははははー！」

妖精が穴の中に潜り込んでいく。ガブリールが駆け寄って頭を突っ込むが、風を吸い込む深い穴に恐れをなしてしまう。

「ついて行けるわけないだろう……ガブリール、危ないからこっち来い」

「キューン……」

「なるほど、この穴は下の階層に続いているんだな。となると小さい虫型の魔物と妖精は通れると」

「くぅん……」

「また下の階層で会えるだろう。気を落とすな」

トールと二人でガブリールの頭を撫《な》でくりまわしてから、西路の掃討を再開する。

マナ濃度が低いせいで魔物も弱いものばかり――特に苦戦する様子もなく、皆に止めを譲りつつゆっくりと一周して、最初の小部屋まで戻る。

「戻ったぜ長《おさ》。聞いた通り、見たことない魔物ばっかでしたぜ」

フェインたちも一人も欠けることなく帰ってきた。血塗《ちまみ》れの槍《やり》を持つ彼らは疲労はしているが、大きな怪我はしていない。

「所見は？」

「大したことねえです。村の精鋭なら一人でも回れるでしょう」

「休息したら二階層に行く。水が足りない者は俺のところへ」

「了解しやした」

やはり獣人はヒュームに比べて格段に頑強だ。

皆で二階層へ続く階段を下りつつ、あまりの順調さに俺は内心喜んでいる。

響く人数分の足音。ここまでの階層は意匠《デザイン》があまりにも無機質で、人や神が作ったにしては味気ない。

トゥーラの領域に繋《つな》がる落とし穴を避け、順当に魔物を倒しつつ進んだ。

「ねえねえ、ここに苔《こけ》生えてる」

トールが通路の隅っこを指差す。

「このダンジョン自体が高度な魔術結界なはずだが、植物も自生しているのか」

「これって変なの？」

「よくやるのが結界内の風景を幻惑魔術で偽装する方式で、これなら維持も簡単だ。外界と隔絶された場所で動植物を維持するのは——世界をまるごと作るようなもので難しい」

「手触りは本物っぽい。フサフサしてる」

「迷宮主は信じられないほどの智者だ。恐らく空気が淀《よど》まないように植物を置いている。これを喰《く》って糞《ふん》をする魔物もいるだろうな。死体や糞に含まれるマナがまた苔の糧となると。ダンジョンで一つの生態系を作ってると言える」

「へー」

「あんまり、興味ないか？」

「うん。けど怪しいのあったらまた伝えるよ。もしかしたら秘密のドアがあって、金銀財宝が手に入るかもだし」

空気が循環しているとなると火を使った食事も可能だ。短期間ならあの香ばしい棒だけでなんとかなるが、滞在が長期に亘《わた》るとなると野菜や肉が欲しくなる。

「あ、あの音って……」

通路を歩いていると遠くで爆発音がした。

ガブリールが耳を伏せて不愉快そうにグルルと唸《うな》る。爆弾甲虫《ボムビートル》を誰かが倒したのだ。対処法は伝えていたが、死人は出ていないだろうか。

二階層も一階層と危険性は変わらない。罠《わな》に気をつけつつ巡回し、下に繋がる階段前で戦士たちと合流した。

「次は三階層だ。フェイン、目的は覚えているな」

「おう、次で拠点を作る！」

「そこは魔物が入ってこない安全地帯とする。これからは四階層以降を探索する人員が増える。その者らに物資を補給し、また上から下りてくる者の成果を受け取る大事な中継地点だ」

「準備もバッチリですぜ。背嚢《はいのう》持ちも一人たりとも死んでねえです」

「すごいぞ。これがヒュームの平民なら一割も生き延びていない」

「へへへ。まー、当然ですぜ」

フェインが指で鼻下をこする。褒めるのも大事。シリウスもそう言っていた。

「トールの姐御《あねご》、疲れてませんか？」

階段を下りる途中――トールが戦士の疑問に対して「うん」と朗らかに答える。年若である彼女はやはり心配されているのだろうが、姐御とは何だろうか。

第２話　提案

Expulsion prince of out-of-skill, infinite growth in a mysterious dungeon

アンリたちがダンジョンに潜ってから一日が経った。

眠たくなってしまうような暖かさの下、シーラ・ルンベックは村の中を歩いている。

小高い防壁が村をしっかりと守っていて、たまに来る怪鳥も魔術弩砲《マギア・バリスタ》が放つ魔術矢により撃ち落とされている。取れる羽・皮・脂肪・肉は貴重な資源だ。

ゴブリンなどの見た目が人に近い魔物の肉は食べられないが、鳥型や獣型の魔物は食用としても使える。村の奥方衆も大鍋《おおなべ》を囲んで「味付けはこうだ！」「塩が濃い」と侃々《かんかん》諤々《がくがく》の議論を交わしている。

（お姉ちゃんたち、大丈夫かな？）

ふと気がつけば視界に入るのは一面の草、いつの間にか俯《うつむ》きがちになっていたシーラは気を取り直す。ダンジョンに潜れはしないが、自分の役割はあるのだと。

姉やアンリたちが強さを求めるならば、シーラは生活を快適にすべく取り組まねばならない。ポーションは変わらずに作り続けているが、それでは足りないだろう。

シーラは胸の前で手を握り込み、決心を新たにした。

すると向こうから獣人の青年がやってくる。こちらで生活を始めてから顔見知り程度になれた、羊と山羊《やぎ》を世話している人だ。

「シーラの姐御、山羊乳で作ったバターです。お納めください」

「あのぅ……私はシーラ呼びでいいですよぉ。只《ただ》の平民ですので……」

「稀代《きたい》の錬金術師を前にしてそんな無礼はできませんよ。戦士長にどやされちまいます」

「あの……」

「それでは、羊に草をやるので失礼」

清潔な布に包まれたバターを受け取る。献上品……というわけだろうか。村の人全員が自分を畏敬《いけい》の念で見てくることが、シーラにはとても気恥ずかしかった。

未《いま》だ自分はへっぽこ錬金術師でしかない。エルフの里でもシーラは見習いで香油や石鹸《せっけん》、ハーブを用いた薬効の薄いポーションを作ることはあったが、人並み以上の才覚はなかった。それは師匠にも感づかれていたし、自分の限界は弁《わきま》えていた。

積み上げられた叡智《えいち》の表面をなぞっただけで尊敬される。しかもこれはアンリから貰《もら》った力だ。自分で成し遂げたわけではない。

首をふるふると振り、大鍋の方を見る。燃料は家畜の糞らしく木を使わないことに驚いたものだ。故郷では木は潤沢に採れたが、ここでは貴重品である。

今までと異なる生活――奴隷の暮らしでは決して得られなかった平穏。

苦境においても諦《あきら》めなかった姉と、偶然の出会いが運んでくれた幸運。

鎖がもたらす痛みは過去となり、前に進みたいと思えるようになった。

「今日は本を読んで、あと石鹸を作ろうかな、けど木炭がないし……どうしよ」

石碑もといル・カーナに素材を貰おうかとシーラは考えた。アンリから踏破点をある程度まで使う許可は出されている。

今の所シーラにしかない特権であり、これがまた姐御呼びを促進させていた。

「シーラ殿、何を悩まれているのですか？」

「あ……シリウスさん。今日は何を作ろうかなって。なにか足りないものとかありますか？」

「ダンジョンと狩猟用に治癒ポーションですね。今後の備えとして」

「ふむふむ。頑張りますね」

ダンジョンに潜る人たちには一人一瓶ずつ治癒ポーションを渡している。未知の四階層にはどんな脅威が潜んでいるか知れず、怪我の治療は何より優先される。

狩猟はあまり遠くまで遠征はしないようだが、こちらは死ねば終わりのダンジョン外である。「一人たりとも欠けさせるな」とアンリとシリウスが命じていて、狩猟要員に渡すポーションも一人につき二瓶だった。

「頑張りすぎて倒れないように見ておいてくれ、と主《あるじ》とトール殿から言付かっております。夕方には仕事を切り上げ、休まれるように」

「は、はい……」

真面目な様子のシリウスが視線を家の脇に一瞬泳がせた。

何だろうかと振り返るシーラが見つけたのは四名の若い女性たち。雰囲気からすると仕事の話ではなく雑談をしている。

「あの井戸端会議はですね、色恋の話ですよ。誰それが狩りが上手《うま》いとか、将来性があるとか。誰かと誰かが別れたとか」

エルフも獣人も変わりはしない。誰を伴侶《はんりょ》に選ぶかで人生は大きく変わるから、良い男を選びたいと零《こぼ》す友人はたくさんいた。

「最も話題に出てくる男は主のようです」

横目で女性陣を見つつ、シリウスがなんでもないように言った。

「目下、主に求婚しようとしている者が五名おります」

「ええっ！　多くないですかっ!?」

「誇らしい限り。それとなく主にお伝えするつもりですが、シーラ殿はよろしいか？」

「よ、よろしいかって……」

口を挟む権利なんてない。分かってはいるが、胸がモヤモヤとする。

「少しだけ待ってくれませんか？」

「おや、おやおや」

意地悪く笑うシリウスに、シーラは少しムッとした。

「違います！　遊び半分でかき混ぜて欲しくないんです！」

たまにアンリが見せる切ない顔には罪悪感がにじみ出ていた。叱られるのを恐れる子供のようだったが、理由は分からない。

姉のことが好きで尊敬している。だけど兄を殺したいほどに憎むアンリにとって、自分たちは不愉快で心をかき乱す存在だったのではないだろうか。

悩みの種をこれ以上増やすのは、きっとアンリにとって辛《つら》いはずだ。

「ええ……主の母は家格が低く、ヒュームの貴族社会において筆舌に尽くしがたい苦痛を味わいました。よく分かっております」

「だったら……」

「ですが、未婚の男子を見ると世話を焼かずにはいられない」

「もー！　ぜんぜん分かってないじゃあないですかー！」

「氏族長は皆そうです。父も祖父も曾祖父《そうそふ》もそうでした」

怒っていると、防壁の門が音を立てながら開いた。

岩石でできた見上げるほど大きいゴーレムが一体、悠然と門を出ていく。

それは騎士の出征のようであり、手を振る村人に背中で応《こた》えるゴーレムはとても頼もしく見えた。

「狩りに行くんですか？」

「ゴーレムを遠征に出させます。行き先は北部にあるオルザグ山脈、翼ありし獣人が住まう地です。教皇領からは外れておりまして、外交問題は発生しません」

「もしかして、交易を始めるんですか？」

「その通り。ここが最初の正念場、私もお支えしますが――主の力量が問われるでしょう。彼《か》の地の氏族長は甘くはありませんゆえ」

自分は何ができるだろうか。あの貴族であって貴族らしくない、兄のような人に恩を返したい。切なげな顔をした理由を知りたい。もっと役に立ちたいと、本心から思う。

「私にできることはありませんか？」

「……あります。ですが嫌なら断ってください」

シリウスがぽつぽつと語るのは、ちょっとした小芝居の誘いだった。

第3話

灼熱の三階層

ダンジョンの三階層では拠点構築が順調に進んでいる。

前にこの階層に来たのはトールの魔導銃乱射の時であり、拠点にちょうどいい小部屋を見つけたのもその時だ。

三階層南西部——出入り口が一つのみの小部屋。

端から端まで二十歩にも満たないここは守りに長《た》けているのだ。出入り口に歩哨《ほしょう》を置いて、残り全員で拠点の作製にかかっている。

「うんこを端っこに置いときやすね」

天日で三日間乾燥させた羊の糞《ふん》だ。こんもりと盛られた汚物には布を被《かぶ》せておく。意外だったのが汚物だというのに臭いがしないこと。

「うんこ、貰ってくぞ」

「おうよ」

戦士が糞を石床に敷き詰める。その上に背嚢《はいのう》に括《くく》り付けていた絨毯《じゆうたん》を敷いていけば寝床が半分完成する。

「なぜ糞を敷くんだ？」

「冷てえ床ですと底冷えするんです。乾かしたうんこは焚《た》き火に使えますし、簡易の家だったらこうやって床の建材代わりにも使えるんですよ」

「へぇ。石炭と木材の代わりになるんだな」

「面白いですかい？」

「かなり面白い。また外に出たら糞で料理を作ってくれ。俺も覚えたい」

「ははは！　了解です、長《おさ》！」

底なし背負い袋《アビス・サックス》から天幕となる布を四つ取り出す。

長い時を生きて半分魔物になった川魚の皮でできたそれは、丈夫で耐熱効果に優れた銀《シル》爪氏族《バークロウ》の狩猟道具だ。

支えは流石に木製である。シリウスたちの先祖が北方氏族との交易で手に入れたそれを絨毯の上に組み立てて、天幕を被せていく。

「ガブリールは休んでていいんだぞ」

「くぅん……」

支えの木を咥《くわ》える俺の狼は懸命に手伝おうとしていた。そう——先ほどから懸命だったのだが、あまり役に立っているとは言えない。

「こっちおいでー、一緒に調理場の準備しよ」

「ガウ……」

トールはトールで調理場作製に取り掛かっている。

日干し煉瓦《れんが》を真ん中だけ穴あきの形で積み重ねた調理台。見た目は蓋《ふた》を開けた石棺のようだ。上に網を置けば肉焼き場になり、鉄鍋《てつなべ》をぶら下げても良い。

火打ち石や簡易ナイフ、肉や野菜を切る為の木板は置く場所がないので鉄鍋の中に放り込んでおく。

備蓄食料は干し肉・草原の果実・チーズあたり。長期保存が可能という救世棒三型《メッレ・ヴィルガ》を五十本用意したが、これは本当の非常食だ。

滋養を考えると野菜やパンも追加したいが、手持ちはなし。シリウスが進めている交易計画次第となるだろう。

「今もシリウスは村の将来を考えて動いているんだろうな」

初めての家臣がシリウスで良かった。賢明で武勇に優れた彼は——ヒュームとして生まれていたならば王国で高い地位を得ることも可能だったろう。

そう考えると俺には過ぎた家臣かもしれない。

「ねえ。ちょっと聞いていいかな？」

「何だ。トイレなら出口から少し進んで、左に曲がれば仮設のものがあるぞ」

「……違うし。あのね、あたしって元は奴隷じゃない」

「二人を攫《さら》ったのは非正規の奴隷商だ。市場に売られない限りは普通の他国民だと法で決まっている」

「そうだったんだ」

トールの白い肌はスノーエルフである証明。雪深き北方で生まれ育ったかの種族は、王国において牛馬と同じような扱いだ。外に出れば迫害の憂き目に遭う。

「奴隷ではない。誘拐されただけだ」

「うん……」

石床の上で膝《ひざ》を抱えるトールはいつもより殊勝に見える。

「あの妖精《ようせい》だけどさ、ちょっと変わってたね。普通の妖精は人をもっと警戒したり、遠巻きに悪戯《いたずら》するものなの」

「あの子は素直に礼を言ってきてたな」

「人馴《ひとな》れしてないって感じ。自分たちが人に悪用されやすいのを知らないんだと思う。このダンジョンにずっといたから考え方が外と違うのかもね」

「私たち、と言っていたな。ダンジョン内で文明を築いているのなら交易相手になる。交渉をする時はトールに頼っていいか？　俺は嫌われているみたいだから」

「腐った蜂蜜《はちみつ》みたいな臭いって言われてた」

トールが歯を見せて笑った。

戦士が鉄鍋で温めた山羊《やぎ》乳と干し肉をくれたので二人で齧《かじ》り、飲む。今から動くので軽く腹を満たすくらいがちょうどいい。

「アンリは人を種族で切り分けないんだね」

「いやいや、俺は種族というのをすごく考えてるぞ。トールはスノーエルフだからもしダンジョン内に寒い領域があれば頑張ってもらうし。獣人は爆発力はあるけど持久力に欠けるから……こうして中間拠点も作ってる」

「うん、やっぱり変わってる」

もしかするとトールは俺を公平な徳人だと思い違いをしているのだろうか。

言葉に詰まっているとガブリールが俺たちの間に割って入ってくる。俺の脇下に頭を突っ込んでくるので、ガブリールを抱きしめるような形になってしまった。

「妬《や》いてる。もっと構ってあげた方が喜ぶよ」

頰肉を揉《も》み込むようにして毛並みを触る。ガブリールはされるがままだったが、俺から見ても嬉《うれ》しそうだ。

「今日は三階層の踏破と妖精の探索だな」

周りの戦士たちが下知を待っている。

「この小部屋を基点として四人一組で本階層の探索だ。できるだけ魔物を倒すように。それと常にこの部屋には備えとして三人を残す。各組のうち疲労した者がいれば備えと替わるように」

「分かりやした、長」

「出発だ」

応と戦士たちが槍《やり》を振り上げる。大型の獣を狩る為に使う長槍《ちょうそう》ではなく、狭い場所でも取り回しの利きやすい短槍を使っていた。また弓を持つ者は少数である。

これから皆はダンジョン内で様々な発見をするであろう。どこに罠《わな》があったか、魔物にこういった特性があったなど。だが文字を書けるのは俺だけなので取りまとめ役を人に任せることができない。

「それにしても暑いな」

階段を下りた時から思っていたが三階層は温度が高い。拠点はマシだが奥に進むほどに酷《ひど》くなっている。

じっとりとかいた汗が軽鎧《けいがい》の下を濡《ぬ》らしていて不愉快だ。ガブリールも舌を出して体温を調節しているが動きには精彩さが欠ける。

「熱を出す施設があるのか。それとも下の階層の熱をここで排出しているのか」

「妖精が関係してるかも」

「厄介だな。銀爪《シルバークロウ》氏族の皆も暑さには弱い」

「胸元がびっしょりだもんね。脱水になっちゃうよ」

腕などを被毛に覆われた獣人は汗腺《かんせん》が少ない。胴体という主要部はヒュームとほぼ変わらないが、それでも幾分かは発汗機能が弱いのだ。

民族衣装を指で摘み、風を送り込むようにばたつかせる彼らは一様に苦しそうだった。

「次の階層もこれだったらマズいな。熱を打ち消す遺物……あるのだろうか」

「アンリは平気そうだね」

「ヒュームは暑さ寒さに平均的に強いからな」

「そうなんだ……」

西部への通路は戦士たちに任せ、俺たちは北部の通路を選んだ。汗を流しながら一時間ほど探索すると目当ての場所にたどり着く。

「トゥーラの領域……やはり落とし穴からしか行けないのか」

白壁を叩《たた》くが、硬質な音が返ってくるだけだ。

ここは二階層の落とし穴の真下付近、本来ならばここら一帯はノス・トゥーラの城があるはずだ。

だが目に入るのは代わり映えのない通路のみ。

「物理的な大きさを無視している。あれは魔術結界の中の魔術結界だったのか」

「よく分かんない……暑いよぉ……」

一番身軽な服装をしているトールだが、滝のような汗を流している。

「ガブリールに水をやってくれ。トールは頭から水をかぶった方が良い」

「うん…………こっち、おいでー…………」

「ガウ……」

トールは革袋の水を手のひらに満たして、ガブリールに水分補給させていた。

「落とし穴から落ちる他に入り口はないようだな」

しかし、それにしても――暑い。隣のトールもかなり辛《つら》そうだ。

「戻るか？　このままでは熱でやられてしまう」

「…………ちょっと待って。ガブリールが反応してる……耳を澄ましてみて」

目を瞑《つむ》り集中する。確かに遠くから声がする。若い声は人のもので、恐らくうちの戦士たち。動揺している、悲鳴も混じっているような。

「戦闘、だがこの階層でそこまで手こずるものなのか」

「こっちに来るよ」

通路の角から全速力で走ってくるのはやはり戦士たちだった。

誰も彼も体力の温存なんて忘れきった必死さで、こちらを認めるや「逃げてくださいっ！」とがなり立ててくる。

「アンリ、伏せて！　声も絶対出さないで！」

トールに背中を押され、地面に腹這《はらば》いになる。そのまま伸《の》し掛かられて口を塞《ふさ》がれた。

ガブリールも俺に倣い、声を押し殺して熱気に耐えている。

「………」

「火の精霊……熱気の原因……」

四人の戦士たちとすれ違う。後ろから追いすがるのは人頭ほどの火の玉——精霊だった。

「っつ、クソっ！　応戦するか？　どうするフェイン！」

「逃げろっつってんだよ！　手を出すな！」

精霊が相手ではマズい。この地方の獣人は精霊信仰が根強く、たとえ勝てる相手でも手を出せない。ヒュームとエルフが神に弓を引けないように、獣人もそうであるのだ。

「や、やめ……！」

最後尾の一人が蹴躓《けつまず》いた。

「あ、あぁああっ！」

決死の思いで彼が体勢を立て直し、追跡者を一度振り返った。

恐怖ゆえだろう。最適解は振り返らずに走り抜けるべきだった。

その逡巡《しゅんじゅん》が、彼の寿命を短くした。

「うぁあああぁッ！　クソ、やめろ！」

精霊が一度その不実体の体を膨らませ、分身のように火球を飛ばした。

「ァアアア、止めてくれっ！」

戦士の体が燃え盛る。肌と肉を焦がす猛火。不愉快な臭いにトールがえずきそうになったが、口を押さえて我慢していた。

「あ、ぁあああ……」

よろよろと、戦士が炭化した足を前に出している。

一歩目はかろうじて。

二歩目は最後の力を振り絞るようにして。

三歩目は絶命と同時だった。

光輝と共に戦士が消え去るのは死んだ証《あかし》。彼が石碑の部屋に戻れていればいいのだが、確かめる術《すべ》はない。

「大きな音と動きに反応するから……」

耳朶《じだ》を打つ小声に従う。

フェインと二人の戦士が通路奥に消えていき、精霊も追随する。

ゆっくりと首を後ろに曲げると精霊が六体浮遊している。虫のように不規則に動く彼らは原始の精霊種だろう。精霊魔術で使役するものより姿形が単純なのがその証明だ。

必要最低限の声量を心がけ、「戻る通路は封鎖された」とトールに伝える。

「精霊がどっか、行くまで……このま、ま……」

トールからはもはや汗は出ておらず、脱水がかなり進行している。精霊のせいでこの通路がサウナじみた暑さになっているせいだ。

救いは地面の冷たさ――顔をへばり付かせて熱を逃がす。

精霊は剣では倒せない。あれは物質ではなく火と言う〝現象〟そのもの。斬撃《ざんげき》などの物質的な干渉は効果が極端に薄くなる。となるとトールの魔導銃が効果的だが、この数を相手にするのは難しい。

十分ほど耐えた。

「…………」

ジワジワと、地面まで熱を帯びてきた。このままでは熱で意識を失い、魔物の餌《えさ》になってしまう。

体を焦がしながら元の道を戻る――否、全員無事には戻れない。

精霊を倒す――否、勝てる公算が見えない。

「ならば……」

前に逃げる。そうするしかない。

奥からフェインたちの悲鳴は聞こえない。声すら出す暇なく死んだか、逃げおおせたか、声すら届かぬ奥まで道が続いているか、そのどれか。

「走れるか？　前に進む」

「……うん」

「三秒後だ、全力で駆け抜ける」

三を心の中で数え、勢いよく立ち上がる。

熱で沸き立つような頭に活を入れて、必死で足を動かす。

ガブリールもトールも懸命だったが、角を二つ曲がる頃には速度が悲惨なほどに落ちてしまった。

精霊が追いすがってきているのだろう。首の後に火箸《ひばし》を当てられているような感覚がする。

遁走《とんそう》、敗走、必死の前方への逃避行を続けていたが、突如トールとガブリールが同時に転んだ。

「————ッ！」

顔を真っ青にしているトールを背負う。

ガブリールを胸元に抱え、ひた走る。

これは体力切れではない。魔力を使い切った魔術師と同じ顔色をしている。

「ぐわ、って来た……」

「あの衝撃波か」

確かにトールが転ぶ瞬間に体に衝撃が走った。精霊の何かしらの攻撃により体内魔力に干渉され、船酔いのような症状を引き起こさせている。

見る限りでは酩酊《めいてい》感と倦怠《けんたい》感、気力の喪失あたりか。

「行き止まり……だが、何だこれは」

逃避行の終点はいつもの小部屋ではなかった。

中心には古井戸があるのだが、縮尺がおかしくなったかと勘違いするほどに大きい。木の根っこが侵食するようにそこから這《は》い出てきて、まるで怪物の手足のようだ。

石床の所々はひび割れしている。さながら、二つの違う建造物を無理やりにつなぎ合わせたよう。芸術の作意とも違う異様さに息を呑《の》む。

「底なしか？　いや、違う」

駆け寄って覗《のぞ》き込むと風が下から吹いてきていた。どこかに続いているのだ。

「飛び降りる。精霊の縄張りから逃れよう」

「即断過ぎない……うぅ……吐きそう……」

「空中で吐かないでくれよ」

些《いささ》か芸術的な痴態を晒《さら》されても困る。

「努力するぅ……」

まさに青息吐息と呼ぶに相応《ふさわ》しき、力のない声だった。

第4話 四階層 高き廃都

トールたちと一緒に飛び降りた先は別世界だった。

降り立った部屋は床も壁も全て木でできていて、窓から外を覗けばここが〝大樹の幹をくり貫《ぬ》いて作られた空間〟であると分かった。

城がまるごと入りそうなほどに太い大樹で、下の方は霧が濃かった為高さは定かではない。そんな大樹の中を軽く散策すればフェインたちはすぐに見つかった。

俺たちと同じように古井戸に飛び込んだらしい。

木の大扉を押し開けた先に広がるのは異教の礼拝所。ここは大陸に広く知れ渡っている拝月教とは建築の様式が違う。真月と偽月を象《かたど》ったレリーフがないというのは拝月教の教会ではあり得ないことだ。

そこではフェインが倒れ伏した二人の戦士を看病していて、さながら戦時病院の様相を呈している。皆の熱傷は治癒ポーションで治癒したが、体内魔力の流れが酷《ひど》く狂っている

Expulsion prince of out-of-skill, infinite growth in a mysterious dungeon

為動けはしない。

「フェインは大丈夫なのか？」

トールは嫁入りが難しくなるような顔で寝込んでいるし、ガブリールもピクリとも動かない。

「俺様は魔術素養がショボいですからね。だから精霊の干渉にも耐えられやした」

それでも顔色は悪い。先ほどから同胞に水を飲ませているが、動きは酷く鈍重でたまに吐きそうになっている。

「長《おさ》は平気のように見えやすね」

「俺は魔術素養が一切ないからな。村の中でも最下位だろう」

「逆に珍しい体質ですぜ」

「ああ、それと……ここはどこだと思う？」

「俺様に聞くのは俺様より頭が悪いかもしれんです」

固く絞った布で同胞の汗を拭《ぬぐ》うフェインであった。

「そうだな。悪かった」

「それと……精霊ですが、なんであんなところにいたんでしょうかね」

「火の精霊は火山口やドワーフの地底都市の奥深くにいると聞く。生息条件は厳しいからな……只《ただ》のダンジョンに定住するなどあり得ない」

「三階層になんかありそうですかね。戻れねえですけど……」

俺たちがいる場所は大樹の上の方。石造りの迷宮下に当たる。建築学や各種法則を完全無視した造りとなっていることから、ここも魔術的な結界なのだろう。

観光であれば心躍る光景だが、仲間が倒れている今は不安しかない。火の精霊は追ってこないが、戻るにしても上に登るすべがない。

「ロープはあったな？」

「ええ、前の階層のやつらが持ってやす。俺様たちが消えたのにすぐ気づくでしょうから、精霊さえなんとかなったら助けが来るでしょうぜ」

「そうか、俺たちの方ですべきは体調を取り戻すことだな」

治すより死んで戻る方が楽だろう。

だが生き返る場所が石碑の部屋なのかが分からないし、悪戯《いたずら》に死なせたくはない。俺を長だと慕ってくれる者たちだ。一領主として守らなければ。

「あれは……妖精《ようせい》……」

窓の外を注視していると妖精が飛んでいた。先ほど見たのと同じ、目元まで髪がかかっている金髪の彼女だ。

「アンリ……ちょっと……」

トールが手招きをするので耳を近づける。

「妖精だったら……あたしたちを……治せる。っつつ、頭いたい〜」

「無理して喋《しゃべ》るな」

未《いま》だ辛《つら》そうなトールが無理やりに背中を起こす。

「ふー。エルフは妖精と取り引きすることも多くて、魔力に関係するお薬とかも詳しいの。交渉したら魔力干渉を中和する薬をくれるかも」

「妖精を探して薬を貰《もら》ってこよう」

先ほどの会話からすると妖精たちは代行と呼ばれる者に統率されている。この樹の都市は空を飛ぶ妖精にとっていい環境だ。集落を築いている可能性も高い。

「あたしが交渉役で付いてく。たぶんヒュームとは交渉を渋るだろうし……」

「歩けないだろう」

「おぶって？　そんなに重くないし……歩ける時は歩くから」

「…………背負うのか」

未婚女性が男に背負われるなど……王宮なら、はしたないだの売女《ばいた》だの揶揄《やゆ》される。

だがエルフ社会なら問題ないのか？　加減がわからない。

「ほら。乗ってくれ」

ゆったりとした動きでトールが伸《の》し掛かってくる。

軽鎧《けいがい》を着込んでいて良かった。トールの心臓の音でも聞こえてきたら、きっと落ち着かない。

「重たくない？」

「シーラより軽い」

「……本人には絶対言わないでね。うん」

一箇所に集めてある水用の革袋に水を補充しておく。これは戦士用だ。

「フェイン、ガブリールを残していく。魔物が来れば吠《ほ》えるだろうから、その時はお前が応戦するんだ。できるか？」

「棒を振り回すだけならなんとかなりやすぜ」

「俺が帰ってくるまで頼む」

フェインが不敵に笑った。

礼拝所を出ると大樹の内部は吹き抜けになっている。バルコニーのような通路が何層にも亘《わた》って造られていて、木壁には見たこともない草花が生えていた。

「シーラが村で薬師見習いをしてた時ね、あたしが材料を採りに行ってたの。蜂蜜《はちみつ》入りのパンとキノコを交換とかよくしてたなあ」

「甘いものが好きなのか。となると……花の蜜か」

トールが壁に生えている花を一つ毟《むし》った。

「そうそう。んで鉄臭いのは嫌われる。鎧《よろい》に蜜を塗ったげるね」

花蜜が搾られて軽鎧に薄く塗られていく。甘ったるい臭いは嫌だが文句は言えない。

「妖精はすごく気難しいのよ。一人に嫌われたら集落全ての妖精に口を利いてもらえなくなるくらい」

「妖精は噂話が好きだと聞くからな」

「ん、違うよ。妖精って心と記憶が繋《つな》がった一つの生物なの。百人くらいの妖精で一集落を作ってて、その子たちは皆一つの生物。だから一人に嫌われたらお終《しま》い」

「妖精とは意識が統合されているのか」

統合意識と呼ぼう。とても格好のいい響きだ。

「そーそー、だからあの子も〝私たち〟って自称してたの。んで、妖精は働き蜂みたいに集落に拾ったものを集める。あんまり遠出もしないの」

「となると、一人の妖精を追えば集落にたどり着けるのか」

「あっ！　ほら下の階に妖精がいるよ！」

吹き抜けを挟んだ向こう側――妖精が花の蜜をガラス瓶に搾っていた。

「幸先《さいさき》が良《い》いな。けどほら、後ろからデカい芋虫が迫ってるぞ」

うぞうぞと体の節を蠢《うごめ》かせながら、ツルンとした芋虫が捕食態勢に入っていた。

「あれは死んだな。なんて儚《はかな》い生き物なんだ……」

「あ――っ！　助けないとっ！　のんきに観察しないでよぉっ！」

トールは具合が悪いにも拘《かか》わらず大声を出す。

そうだった。俺は人を助けられる立派な人間になると誓ったではないか。

母上のような立派な人になると……もう忘れていたのか、俺は。

「逃げて――っ！　おーい、お――いっ！　げ、ゲホ……しんどい……！」

「魔導銃で撃つか」

ホルスターから魔導銃を抜きトールに手渡す。

「この体勢じゃ狙えないよ」

「了解だ。任せておけ」

俺は即座に四つん這いになった。

犬が如きの情けない姿勢だが、これでトールが伏せ撃ちできる。

「なんか、ごめんね……」

手すりの彫り細工の隙間にトールが魔導銃を突っ込み、深い深呼吸をしてからトリガーを引いた。

発射音。芋虫の僅《わず》かに右に逸《そ》れて着弾。妖精は我関せずに蜜の採取を続けている。

「統合意識だから死の忌避感が薄いのか。全く焦ってないぞ」

「つ、次は当てる！　もー、気づいたんなら逃げてよー！」

「俺の国では妖精はバカなんだと言い伝えられてきた。けど違うんだな……のんびりし過ぎているだけなんだ。ゆとりがある生き物……ある意味俺たちより優れているかも」

「冷静に観察しないで！」

「すまん」

二発目を撃つと芋虫の腹部に命中し、緑色の体液を撒《ま》き散らしながら絶命した。

妖精の方はようやくこちらに気づいて、嬉《うれ》しそうに飛んでくる。

「さっきはなんで付いてこなかった？　すごく悲しいきぶんだった……」

「俺たちは狭い穴は通れないんだ」

「なんじゃくだなあ。だいこーにあわせたくなってきたぞ」

「そこをなんとか、ほらエルフのお姉さんも代行様に会わないと体が辛いんだ」

「エルフ？」

キョトンとした顔で妖精が首を傾げた。

「エルフ、正しくはスノーエルフ。種族名だが……知らないのかな？」

「しらん。まーどうでもいいー。案内するからついてこい！」

妖精が四角い窓を勢いよく通り抜けようとするので、首根っこを摑《つか》む。

「あ――――っ!! やめろ――――――っ!!」

「ごめん。けど俺たちは飛べないんだ」

「なんじゃくもの。じゃあ肩にのせてくれ。そして私たちをはこんでー」

元気いっぱいな様子はフルドを思い出させてくれ、好感を覚えてしまう。

「あっち、あっち」

妖精が教えてくれる道を進み、外に繫がる大扉を開ける。

そこは大樹の周りをぐるりと囲むようにしてしっかりとした足場が組まれていた。

市場が開けそうなほど広いが、人の姿は全く見えない。

「ここも古代都市なのかな」

「むかーしからあるよ。私たちはだいこーみたいに年寄りじゃないから、むかしはあんまり分からんけど」

見事な飾り細工が彫られた手すりに手をかける。

風が思ったより強く、霧の中からは魔物らしき鳴き声が聞こえてきた。

竜でないといいなと思った。食べられるのは嫌いだ。

奥へ奥へと続く立派な吊《つ》り橋も見える。妖精が肩の上でそっちの方を指差した。

「あっちのデカい木が私たちのしゅーらく」

「霧で見えない」

「だいこーに会わせるにはじょーけんがある。ろーどーとたいか、知っているか灰色くん」

労働と対価と来た。会わせて貰う為に俺たちは何をすべきだろうか。

「ワームくんにエサやりしたい。しんどいから手伝っておくれ」

ワームとは虫型の魔物。

光が届かない場所を好んで住み、死体に卵を産み付けて繁殖するあれのことか。

「あたしたちが餌《えさ》って言わないよね、妖精さん？」

「おんじんはエサにしないー」

吊り橋に片足を乗せる。不自然な揺れや軋《きし》む音はなし。

長距離の徒歩移動とは非効率的と思っていたところ、横目には騎獣の発着台らしき場所が見えた。古代人は移動に飛竜でも使っていたのだろうか。

俺なら物資の移送に大型の飛竜を使い、人の移動は小型の飛竜を使う。そしてこの吊り橋は観光客に使わせるのだ。通行料を取れればさぞ儲《もう》かりそうだ。

「ここも三千年前の場所ならば生体金属が使われているのかな」

「そーだよ、創造主さまとその旦那《だんな》さまががんばったのだ。ラ様とゴ様……あー、なつかしいなあー」

「三千年前の記憶があるのか。長生きなんだな」

「んー、〝私たち〟がきいた。おぼえてる」

なんともない顔で妖精《ようせい》が言う。個体としての彼女はその時生きてなかったのだろう。生物としての根幹が違いすぎて、俺の思い込みと彼女の当たり前がすれ違ってしまう。

それにしても終わりの見えない道というのは不安を誘うもの。長い長い吊り橋を渡りながら、俺の帰りを待つフェインたちに思いを馳《は》せた。

第5話　融合蠕虫《フュージョンワーム》

Expulsion prince of out-of-skill, infinite growth in a mysterious dungeon

妖精が敵か味方かは分からないが、トールたちを治す為には妖精に頼らねばならない。

警戒しつつ長い吊り橋を渡りきれば、妖精たちが住む大樹にたどり着けた。

大扉を開け、騎士の稽古場《けいこば》のようにだだっ広いフロアに入る。天井からぶら下がっているハンモックから妖精たちが「灰色くんだ」と喜びの声を上げた。

中は何層にも分かれていて、下の階へは螺旋《らせん》階段で行けるようだ。トールを背負いながら下りるのだが、螺旋構造は下っているだけで目が回ってしまう。

「ついたぞ、灰色くん！　さー、はたらけー！」

階段を下りきった先で妖精がそう言った。

ワームのエサやりと来たものだから巣穴にでも案内されるのかと思っていたが、そこは牧舎のようであった。ただ、とても目を引くのは飼われている家畜である。

ワームと言うからには常識的な大きさを期待していた。最小なら親指ほど、最大でも大型犬くらいかと思っていたのだが……目の前のそれは家みたいに大きい。

「部屋の横幅と一緒くらいあるな。いや……壁がなければもっとデカくなっていたのか」

「ほらー、はたらけよー」

「すまない」

妖精が言うにはここら辺には五本の大樹がそびえ立っていて、そのうちの一つであるここを妖精の集落としている。他の四つは魔物がいるせいで危険だそうだ。

家畜の世話にはちょっとした憧《あこが》れがあった。

普通と違うのはエサやりの対象が白くてデカくて口が大きいことくらい。ちょっとした異文化交流にトールも部屋の端っこで大口を開けて呆《ほう》けている。

「やっとるかね灰色くん！」

先ほどの妖精だ。野菜がこんもりと盛られた木桶《きおけ》を持っている。

「男手があるとちがうのな」と言いながら飛んでくるのは違う妖精。

「ばしゃうま労働」と笑うのはまた違う妖精。

見た目が全く同じ妖精が三体……三人？　いる。いつの間にか増えていた。

「腐った蜂蜜《はちみつ》から新鮮なはなのにおいにかわったのな」

「鉄臭いのは嫌いと聞いたので」

「わるくない。あとえさやりたのむ」

木桶から人参《にんじん》を取り、放物線を描くようにして投げる。

ワームは「ピギャーッ!!」と鳴きながら大口を開けて飲み込んだ。

飛び散る涎《よだれ》が頭にかかり、とてつもなく臭い。

「俺は餌じゃないぞ。ワームくん」

「ワームくんはわるいことしない」

妖精種は魔力適性の高い種族。様々な魔術を使ってこの魔物と心を通わせているはず。

「あああぁああ――――っ!!」

そんなことはなかった。妖精が一人喰《く》われてしまった。

悲痛な断末魔は世の無情をこれでもかと体現している。

彼女はワームが取りこぼした人参を取ってくれようとしたのだ。しかしその俊敏な動きも捕食に特化した魔物には敵《かな》わなかった。

近づきすぎれば喰われる。腹がつっかえているからこちらまでは来られない。

剣を鞘《さや》から抜き払うと、残った妖精二人が鉄の臭いに眉《まゆ》を顰《ひそ》めた。

「ほらー、こわくない。こわくない」

妖精が宥《なだ》めていた。だがワームは我関せずと彼女も飲み込んだ。

斬《き》って救出すべきか。だがこの魔物は妖精の共有財産。斬れば軋轢《あつれき》が発生する。

蠕動《ぜんどう》する白い体は恐ろしく気持ち悪く、怖気《おぞけ》を我慢つつ妖精に「助けるべきか」を聞く。

しかし彼女からの返事は「そのままでいいよ」と素っ気ないもの。

「死んでしまう……」

「だいじょうぶー、すぐにはきだすからー」

「あ、本当だ……妖精は消化できない魔物なのか」

出てきた妖精は一人。消化液にまみれつつも、笑顔を絶やしていない。

「もう一人が出てこないぞ。まさか……もう、死んで……」

「いや死んでないぞー。いっしょになったの」

独特の死生観なのだろうか。考えていると妖精は白紙のスクロールをワームに放り投げた。次に投げるのは木枝に括《くく》り付けられた鳥羽根である。

「これも、一緒にする」

「まさか……うわ……」

ワームが捕食し——咀嚼《そしゃく》の後に吐き出した。

出てくるのは何かが書き込まれたスクロール。

腹の中で材料を一つにし、スクロールを作製したのだ。

「後はー、だいこーが魔術をふきこめばかんせー」

「うわ……まさか、さっきの二人の妖精も……」

「いっしょになったー。ふふふー」

怖すぎる。ダンジョンで死ねば生き返る。だがこのワームに喰われて俺の魂が何かと混じってしまえば、俺は俺だと言えるのだろうか？

それは魂の死――拝月教徒が最も恐れる〝輪廻《りんね》からの逸脱〟だ。俺は敬虔《けいけん》な信徒ではないが……恐ろしいことに変わりはない。

「何も見てないから。あたし、何も見てない」

トールは目を瞑《つむ》って現実逃避する始末。

統合意識種族はこうまでも死や魂というものに無頓着《むとんちゃく》なのか。

「やさいがまだ残っておるぞ」

「芋にトマト……妖精にスクロールか……」

二人の妖精に見守られながら、俺は餌やりを続ける。

消化による融合……このワームは非常に高度な魔法生物だ。

スクロールが作れるのなら、武具を放り込めばどうなるのだろうか？　それとなく妖精に聞いてみると当たり前のように「できる」と答えられた。

「つよい武具を二ついれる。するとすご強いのが一つでてくるのだ」

「俺もすご強いのが欲しいな。今度持ってくるからワームくんにあげてもいいかな？」

「いいよー」

俄然《がぜん》楽しみになってきた。魔力のこもった武具は一流の鍛冶《かじ》師でないと作れない。それが簡単に作れるとなると領民の戦力向上にも繋《つな》がる。


「次はおまちかねだぞ。金色さんをなおしてやる」

「ありがとう。恩はいつか返すよ」

「いいってことよ。灰色くん」

妖精に導かれるままに歩を進める。

これが昔話なら俺は次の場面でトロールに咀嚼されている流れ。

先ほどの体験に少々心を砕かれてはいるが、内心……ヒュームが決して入れない妖精の集落奥に行けることに、俺はワクワクしている。

螺旋階段をひたすらに下りる。要所要所に光る苔《こけ》が生えているので足元は明るい。肩の上に乗る二匹の妖精が導いてくれたのは――野菜畑だった。

大樹の底に当たるのだろう。外に出る扉はなく、足元の土はそれなりの深さがある。

「なるほど……収穫作業を手伝えば良《い》いんだな。対価としてトールを治すと」

「いんやーちがうよー」

妖精がスコップ片手に土を掘っていく。棺桶《かんおけ》を埋める穴のような……人がすっぽりと入るくらいの。

「手伝うよ」

妖精用のスコップは小さいが、なんとか掘り終える。収穫品を詰める木箱の上で休むトールは度重なる移動の疲れにより息が荒い。いつ吐いてもおかしくないくらいだ。

「金色さんをうめて」

「野菜の養分にするのなら断りたい。家畜の糞《ふん》は俺の領地にあるから――」

「ちがうのだが。んんん～、むずかしー」

頭を抱える妖精二人の間に、もう一人の妖精が降りてくる。

「初めまして異邦人。管理代行から案内の任を仰せつかったものです」

見た目は他の妖精と変わりないが、喋《しゃべ》り方は高度な知性を感じさせた。

「私たちが言いたかったのはトール様の治療は〝土中に埋める〟のが最適解ということなのです。この大樹集落の畑はマナ――魔力の源を吸い上げて作物に還元する役割を果たしております」

「トールを埋めてしまい……体内から魔力を吸い取ると」

「いいえ、強い流れに御身を置き、淀《よど》んだ魔力を正しい流れに戻すのです」

土を手に取る。呪術的な禍々《まがまが》しさは感じ取れず、瑞々《みずみず》しい人参が育っているだけ。

「トールはどう思う？」

「………きっと、正しい。妖精さん……あたしを埋めてください……」

トールがよろよろと穴に入って、仰向《あおむ》けになる。妖精たちは掛け声を合わせながら土でトールを埋めていった。

「しばらく置いておきましょう。魔術適性が高い種族ですので、魔力もとても澄んでおります。さほど時間はかからないかと」

「感謝します」

あっという間にトールは首から下まで土で埋まってしまった。

嫁入り前の娘には酷《ひど》すぎる仕打ちだが、耐えてもらう他ない。

「手短に伝えます。私たちは今……休眠個体を増やして知性を底上げしております。集落維持の為長時間の労働力低下は避けるべきもの。ご理解いただけますか？」

「ええ、よく分かります」

「まず聞きたいのは、三千年以上閉鎖されていたここになぜ貴方《あなた》が入ってきたのかです」

カーナ経由で聞ける古代の真実は限りがある。この妖精《ようせい》との会話をすり合わせ、より深い真実に近づきたい。

「偶然、ル・カーナと出会いこのダンジョンに入るよう勧められました」

「ル・カインのハウスキーパーが管理者気取りですか。上層の殺風景さは空っぽの彼女に似つかわしい。必死に作ったのがアレとは……無様です……」

妖精は木箱の上にちょこんと座り、朗々と語りかけてくる。

「ここは大魔術師ル・カインが築いた魔術結界なのです。彼は滅びゆく世界のあちこちを切り取り、一冊の本にまとめるようにして結界を作りました」

「やはりそうか。ここは古代エルフの集落なのですね」

「トール様はエルフと言うらしいですね。確かに……その祖としての人種が住んでおりましたので、解釈は半分合っています」

妖精が柔らかく微笑んだ。懐かしむような顔だったが、すぐに真面目な顔に戻る。

「我々は迷宮主ル・カインを恐れています。彼がその気になれば無限の軍勢を貴方の世界に向けて進軍させるでしょう。そうなれば進軍路にあるここは滅び、役割を果たせない」

「それは困る……が、ル・カインも目的があってこのダンジョンを作ったはずです。ただ魔物を率いるなら……こんな回りくどい方法を取るのですか？」

「そこなのです。あの凄《すさ》まじく性格の悪い魔術師が何を考えているか……見当もつかないのですよ」

「下の階層とは交流していますか？」

「行けぬのです。ここ以外の大樹集落は魔物の領域……それに下の階層に続く道はここにはありません」

　この集落は途絶されている。立ち込める霧が自然のものとも思えない。

「アンリ様にお頼みしたいのは下階層の攻略。迷宮主——ル・カインを討ってもらいたい。それが貴方の世界の平和にも繋がり、私たちの平穏となります」

　悪戯《いたずら》な刺激はル・カインの逆鱗《げきりん》に触れるだろう。だがここの魔物に跳梁跋扈《ちょうりょうばっこ》されても大いに困る。

　それに王国からの悪意に耐える力が欲しい。その為に遺物を集め、外との交易を始めようと考えていたのだ。

「交易、交易はできますか？」

　外だけではなく、内とも交易ができれば多くの問題が解決する。

「それは貴方の勢力に私たちの姿が完全に露見することを意味します。外交官同士の会合と、市井の者同士が触れ合うのとでは違った軋轢を生む。無理解から来る崩壊は避けたいのです」

「相互理解の為に小規模な交易を始めるのは決して無意味ではないかと」

「………貴方は鉄臭さを花の匂いで隠している」

「不愉快でしたか」

「文明崩壊からたったの三千年。服飾や製鉄技術から推するに、外は封建制が根強い中程度の発展段階。貴方は貴き血が流れる支配者階級の生まれ……」

値踏みされているが、流石に王族だとは看破されなかった。

「貴方の寿命は？」

「種族の平均を考えるとあと五十年ほど」

「短すぎます。次の代が、貴方と同じ考えを持つとは限らない」

次の領主が愚鈍であればダンジョン内の全てを占領する恐れはある。

「あの～、ちょっといいですか？　あたた、首痛い」

トールが首を曲げてこちらを向こうとしていた。僅《わず》かに角度が足りないが。

「あたしの寿命はあと七百年くらいです。それでも駄目ですか？」

「トール様はどういった身分なのですか」

妖精とトールが対峙《たいじ》している。トールは僅かに額に汗を滲《にじ》ませ、土中に似つかわしくない真剣な眼差しだった。

「トール様は獣の因子を持った種族に姐御《あねご》と呼ばれてました。交易を取り仕切れるだけの身分なのですね」

「は、はい！　領主のアンリ様からは大きな仕事を任されてます！」

いかん。トールの目線が元気に泳いでいる。

「花の匂いも貴方が？」

「そうです……」

「………こうして話していると創造主を思い出します。ラ様も貴方のように美しい金の髪でした。エルフ、滅びの中で蒔《ま》いた種子が……こうして……」

妖精がトールの横に降り立ち、頭を慈しむようにして撫《な》でた。

「……まずは小さな取り引きから。エルフ種が交易を監督してくださることを私たちは望んでおります。今後ともよろしくお願いいたしますアンリ様、トール様」

「光栄です。次は塩や毛皮を持って参ります」

「はい。それと……どうかエルフ種を大事になさってください。トール様はもう少し髪の手入れをされるように」

互いの戦力と利用価値を探り合っての会話だった。妖精側も外の世界がどうなっているか気になっているはず。創造主についても何か分かれば喜ばれるだろう。

「では……集落維持の為休眠個体を起こします」

妖精は瞳《ひとみ》から理知の光を消し、天真爛漫《てんしんらんまん》な輝きを取り戻す。この妖精たちは活動している個体数が多いほど、知性が減っていく仕組みなのか。

「またねー。はー、つかれたー」

妖精たちは用事でも思い出したのか、飛び去っていく。

「何だかすごい話だったね」

「もう体の調子は良いのか？」

「酔いは殆《ほとん》どなくなったよ。むしろ気持ちいいくらい」

だいぶ顔色が良くなっている。

「ねえ、前から考えてたんだけどさ。アンリって元々貴族様で……戦士たちの長《おさ》にもなったし……本当に偉い人になったよね」

「俺の力は借り物だ。遺物は先人から奪ったようなものだし、血の力も好きではない。偉くはないよ。運が良かっただけだ」

「………けどね。アンリへの呼び方とか……話し方とか、あたしは直すべきかなって。

周りの人も気にしそうだし」

「それも考えていたんだがな。今のままで行こう」

つぶらな瞳でトールがこちらを見つめてくる。

「簡単な話だ。俺はヒューム、エルフ、獣人の均衡を保ちたいだけ。数の多い獣人には俺を長として扱ってもらい、数の少ないエルフの二人には気軽に呼んでもらいたい」

俺の血に流れる因果が二人の故郷を奪った。このうえ様付けで呼ばれてはたまらない。

「俺たちがダンジョンに潜る時、シーラは一人だ。扱いが少しでも良くなれば身の安全と錬金術知識の保護にも繋《つな》がるんだ」

早口になりそうなのを抑え、自信たっぷりに言う。目線は決してずらさない。嘘くさい笑顔は控えて、真剣な顔で。王宮で上手《うま》く嘘をつく者はそうしていた。

「俺はトールが思うような優しい男ではない。気を遣わないでくれ」

「うーん、うーん」

トールが答えあぐねて唸《うな》っていた。理屈っぽい男は気持ち悪かったか。

「あたしさ、すごく良いこと言おうとしてた。アンリは優しいよーとか、シーラを守ってくれてありがとうとか。そんなの」

「してた……と言うのは」

「けどさ、あたし土の中だしさー、何言ってもかっこ悪いなって」

「確かに」

頬に土が付いているにも拘《かか》わらず、トールが汚れているとは思えない。東方にあるという泥中で咲く花のような……そういった雰囲気を彼女は持っている。

「俺はこのダンジョンとどう付き合っていくか。答えが見えてきた気がする」

「最奥まで踏破して迷宮主を倒すの？」

もう治っただろうと判断し、スコップ片手にトールを掘り起こす。

土まみれの彼女は服を何度もはたいていた。

「いや違う。それだと侵略と変わりない……俺はこのダンジョンと同盟を結びたいんだ。妖精のような友好種族と交易をし、古代の秘密を解き明かして力を手に入れる」

父王のように諸人《もろびと》を跪《ひざまず》かせるのではない。俺は俺のやり方であの腐った男を越える。そうすれば……俺がいつか死に、冥界《めいかい》で責め苦に遭う時——横にいるあの男に「お前は間違っていた」と言ってやれるのだ。

「アンリ……それって」

「駄目だったか？」

「ううん！　すっごく、いいじゃんっ！」

トールも土まみれで喜んでくれていた。

この大樹集落には野菜畑もあれば大樹に寄生するようにして草花も繁茂している。一つの生態系が莫大《ばくだい》なマナの力により循環し、息づいているのだ。

「話はおわったかー？」

どこからともなく妖精が現れた。

「気をつかったのだよ。かんしゃしたまえ。それとー、だいこーからこれ渡せって」

木桶《きおけ》いっぱいの野菜にスクロール。それと木灰が入った小さい袋と何かしらの種子が入っている大袋が二つだった。

「灰色くん、いもと小麦のたねをあげよう」

「良いのですか？　貴重なのでは……」

「やさいづくりは楽しいですからなー。たのしさを分かち合えとだいこーはおおせです。それと……灰はせっけんづくりにつかいたまえ。花ではごまかしきれぬよ」

「臭かったかな。気をつけているつもりだったんだが」

妖精は鼻をつまみながらクスクスと笑う。

先ほどのワームによる融合と管理代行の魔術で作ったであろうスクロールに触れると、これが〝帰還のスクロール〟であると感覚で理解できた。効果は〝思い入れの深い場所に帰れる〟もので対象は自分を含む最大十人まで。

転移術の能力《スキル》を持つのは周辺国家でも兄――第七王子のみであり、その有用性は王国に莫大な利益をもたらしている。それがスクロール一枚で可能になるとは嬉《うれ》しい。

「くすりもあげる。こーかはゆっくりだし、期待するなよ」

「優しさが五臓七腑《ふ》に染み入ります」

「しらんぞーきをつくるでない。おろかものめー」

これで皆を治せる。まずは俺が飲み、なんともなければフェインに飲ませて効果を確かめよう。ガブリールは可愛いから最後だ。

「私たちはおおいにきたいしておるよ。じゃあくなるル・カインを討滅せよ、えらばれし子らよ」

「管理代行殿によろしくお伝えください。我々の窮地を救って頂いた恩、互いの益になる形でお返しすると」

「あいあい。たしかにー」

手をふる妖精《ようせい》に別れを告げて螺旋《らせん》階段を上った。

第6話 帰還

Expulsion prince of out-of-skill, infinite growth in a mysterious dungeon

帰還のスクロールにより村に帰還する。

古代技術に目を白黒させていた戦士たちだったが、疲れは驚きに勝ったようでそれぞれの家に帰っていく。

「今回は……失敗だったな……」

トールが申し訳なさそうに頷《うなず》いた。俺も同じような顔をしているのだろう。

俺が領主として振る舞える時間には限りがある。価値が無いと見なされれば領民はあっけなく俺を吊《つ》るすだろう。

単純な戦力として俺が強いから、シリウスに認められているから——それだけでは弱い。

俺はダンジョンで功績を立て続けて、尊敬を集める必要がある。

そうでなければ吊るされないにしても追放は免れないだろう。

二重追放される王族など歴史上類を見ないし、不名誉極まる。

死ぬ時は綺麗《きれい》さっぱりと死にたいものだが、トールたちを残して一人逝くのは未練が残る。せめて皆の生活基盤が安定するまでは、なんとかして領主であり続けなければ。

「つかれたね～……」

精根尽き果てた様子のトールが、家路を辿《たど》っている。

「サウナ、はいりたいよ～」

「サウナか。風呂《ふろ》ではなく？」

「うちの村は熱した石に水をかけるやつだったよ。お風呂は……どうなんだろ。見たことないや」

「サウナも良いが、風呂に入りたいところだ」

俺も彼女も汚れが目立つ。領民の衛生を気にするのも、領主の務めだろう。

サウナの方が設備的には建てやすい。だがここは燃料に乏しい草原、現実的には水浴びが精々であり水を贅沢《ぜいたく》には使えない……と思ったが、水の遺物なら既にある。

「後は燃料か。黒油の溜《た》まりを見つけるか。妖精と木材を取り引きするか……」

「ねえー」

「ん、何だ」

「勝負しない？」

服のホコリを手ではたいていたら、トールらしい勝ち気な顔を見せられた。

「カセヤエか？」

「またアンリが半裸未満になるじゃん」

「未満じゃない。で、勝負とは？」

「あたしたちクタクタじゃない？」

汗ばんだ体に日光が無遠慮に当たり、体温が上がる。

「シーラの出迎えでさ、どっちがより心配されるでしょうか！　っていう勝負」

「愛を試すのは良くない」

「ふーん。ふーん。負けるのが怖いんだ〜？」

急に煽《あお》られてしまった。だが姉妹の愛情に俺が割りいる余地はなく、勝つにはどうすべきだろうか。そもそも勝つ必要があるのか……？

「あー、ころんじゃったー」

わざとらしく転ぶトールが砂まみれになる。ただでさえ畑の土を浴びて汚れていたから、今や彼女は仕事上がりの炭鉱夫のようになっていた。

「ダンジョンの魔物は恐ろしかったね。あたし……もうボロボロ……」

「……卑怯《ひきょう》だぞ」

二人分の土を踏む音。村人が手を上げて出迎えてくれるので、手を振って応《こた》えた。

ガブリールも足取りは重いが、しっかりと俺たちに付いてきている。

「また遺物を貰《もら》おうと思うんだが、トールは何がいいと思う？」

「あたしは皆に美味《おい》しいもの食べて欲しいな。恵みの少ない冬に……マズくて冷たいものを食べてると心が荒《すさ》んでね、笑えなくなっちゃうから」

「小麦と芋の種を育てたいな。ゴレムスたちに開墾を頼むか」

「確かいい感じの遺物があったよね。後で貰いに行こうよ！」

良案に同意する。話していれば時間は早く経つもので、いつの間にか家の前にたどり着いていた。

「おかえりなさい！」

ドアを開けるとシーラが出迎えてくれる。

「これはお土産だ。石鹸《せっけん》作りに使えるらしい」

「わあ、嬉しいです！　油はあるので作っておきますね！」

木灰の入った袋を渡すと、シーラは花が咲くように笑った。反面トールは寂しそうな顔で自分の服が汚れているか再確認している。

「どろどろだね、お姉ちゃん」

「うん！　すごく大変だったの！」

確かに大変ではあった。トールはさながら晒《さら》し首のようになっていたし。

「……無事に帰ってきてくれて、すごく嬉しい。私の分まで頑張ってくれてたんだよね……ありがとう、お姉ちゃん……」

「シーラ…………そんな風に言わないで。あたしにできないことをシーラはしてくれてるんだから……。あたしたちは二人で一人ってお父さんも言ってたでしょ」

二人の世界がリビングで形成されつつあり、勝負うんぬんは既に忘れ去られていた。

「ガブリール、上の階に行くぞ」

階段を上るのは辛《つら》いだろうからガブリールを抱える。首筋に鼻息がかかるこそばゆさを我慢しつつ、サレハが待つ自分の部屋に戻った。


ある日の朝、真剣な様子のシリウスが訪ねてきた。自宅のリビングに案内し、二人して対面して座りながら話を聞く。

「風渡氏族《ハイレイブン》と話が通りました」

「ありがとう。交易ができればいいな」

「彼らは北方オルザグ山脈の山肌に住む翼ある獣人でして、魔物多きこの地であっても来るのが容易《たやす》くあります。空を飛ぶ魔物も、彼らの疾《はや》き翼には敵《かな》いませぬゆえ」

「知己なのか？」

「はい。エイスとの戦争で共同戦線を張ったこともございます」

兄のアンデッドは多くの獣人を苦しめた。この呪われし血縁は領地運営の障りとなるだろうか。

「俺を恨むだろうな」

「いえ、むしろ感謝されるかと。復讐《ふくしゅう》を完遂するのは誉れ高いことですので、たとえ兄であってもしっかりと終わらせたことは評価されるでしょう」

獣人は特定の血族を氏族長として崇《あが》める者が多い。長《おさ》の座を巡って兄弟で殺しあうこともあると聞く。俺の一族のように。

シリウスが顎《あご》を一度触り一拍置く。そして両肘《りょうひじ》を机に突く前のめりの体勢で語りかけてくる。

「ちなみにですが、主《あるじ》は親が決めた婚約者はおられますか？」

「……いない」

「幼き頃、身分を越えた婚姻の約束などはされませんでしたか？」

「ないが……なんの関係がある」

普通の王族であれば婚約者はいる。他国とまともに外交ができない我が王家は政略結婚は少ないけれど、血を残す為に伴侶《はんりよ》は用意されてしかるべき。

北方戦役で功を成した第三王子も確か娘がいたはずだ。

「よもやです。十六となられるのに、遅きに失しておりますね」

「今日の話し合いは……俺を落ち込ませる為に開いたのかな？」

「違うのです。獣人の長が未婚では、まるで示しがつきません。あの女が来る前に婚約者を決めて頂かないと」

「風渡氏族《ハイレイブン》は女氏族長なのか」

「そうです。珍しくもありませんが。それと婚姻の話に戻りますね」

話を逸《そ》らすことに失敗。ため息を堪《こら》えつつ、次をどうぞと手のひらを向ける。

「……主はこれをお節介だと思うかもしれませんが、本当に深刻な問題なのです」

「女性の心を射止められない者は、獣も狩れないという考えか。ヒュームも似たようなものだな。ははは」

「考えていたのですが……トール殿かシーラ殿、どちらかを娶《めと》られては？」

「二人は奴隷ではない。伴侶は彼女ら自身で選ぶべきだ」

母がさせられたような望まない結婚はして欲しくない。たとえ法や慣習が許さなくとも、俺の領地にいる間は守らなければ。

「そういうシリウスは結婚しないのか？　もういい年だが……」

「妻とは死別しております」

こう……サラリと言われては敵わない。シリウスもかなり重いものを背負っていそうであり、詳しくは聞いてくれるな、と視線で語っていた。

「ここだけの話、二人は主のお手つきだと、皆が認識しております」

「流言飛語」

「まず一緒の家に住まわれております」

「だって、最初は家が一軒だった」

今は十一の家々が軒を連ねている我が領内だが、ちょっと前までは防壁すらなかった。家が増えたからあっちに住まえと命令するのは、それはそれで言い辛い。

「トール殿が主を呼び捨てにしております。あまりにも馴《な》れ馴《な》れしいですし、主が全く注意しない。どういった関係かと、皆が邪推しております」

「名前を呼んで欲しくてな」

母から貰った名前が好きだから、呼んで欲しかった。

「乙女ですかっ！」

シリウスが思わず大きな声を出した。

結婚、婚姻……考えたことはある。もし俺が王族の因縁なんて関係ない只《ただ》の男だったなら、誰かと家庭を築いてみたかった。朝から夕まで働き、帰りを待つ子と伴侶のもとに帰る。たまの休みには朝の市場を伴侶と連れ立ち、その日の糧を買い求めるような、そういった暮らしを夢想したこともある。

「お二人を呼んでおります。そろそろ来るかと」

「バカ野郎」

示し合わせたようなノック音。来ると言ってもここは二人の家でもある。トールとシーラはいつものように二人仲良く入ってきて、俺の向かいの席に座った。

「実はシーラから話は聞いてたの。仮面夫婦を装うって話でしょ？　アンリが立派な長だーって示せばいいだけだし」

シリウスがうんうんと頷《うなず》く。

「ちなみにトール殿の伴侶に求める条件は？」

「結婚してもちょくちょくシーラの家に泊まるのを許してくれること」

「…………はぁ～。そう、ですか……」

「おかしくないもん！　他はワガママ言わないし！」

家に入った女性が、他の家に入り浸るのは大変不名誉だ。夫は人間性や力量を疑われ、妻は家庭へ貢献してないと見なされる。それは獣人、ヒューム、エルフでもだいたいそうだ。

「シーラ殿は……？」

「手が薬臭くても、嫌って言わない男の人です。私も……他の家に入っても、お姉ちゃんとお茶を飲む時間は取りたいです」

どこかの家に入った二人が木漏れ日さす庭でティーカップ片手に歓談する。とても絵になるだろう。

妄想に逃げるようにしているとシリウスが指で机をトントンと叩《たた》いた。

「ヒュームの領主が敵対国の少女二人を匿《かくま》っている。世間はどう見るでしょうか？」

「……好色領主だな」

「最悪の場合は異種族をモノ扱いする唾棄《だき》すべき外敵と見られます。風渡氏族《ハイレイブン》は代々女系が強くありまして悪い印象を持たれかねません」

「正論で俺を追い詰めないでくれ」

額を押さえる。最初はシリウス流のお節介だと思っていたのだが、話を聞くと違う側面もあると感じた。

要するに〝未婚の領主〟とは異質で異常なのだ。人間性すら疑われ、力ある氏族からすれば〝将来性のない相手〟と見なされるだろう。

「しょーがないなー、話はよーく分かりました！」

トールが背もたれに深くもたれかかる。ぎしりと木が軋《きし》む音がした。

「偽装は偽装でも将来の縁談に影響しちゃうでしょ。シーラにはしっかりとした人生を歩んで欲しいし、あたしが相手役をするよ」

「トールの将来に傷がついてしまう」

「あたしは結婚願望とかないもん。それとも……あたしじゃ嫌？」

「俺を惑わせるつもりか。わざとらしいぞ」

「そっかも。あはは！」

トールが相手だと気兼ねがなくて楽だ。男友達というのはいたことがないが、こんな風に話し合えるものなのだろうか。

話がまとまりつつある中、シリウスが申し訳なさそうに「シーラ殿は、今回の偽装婚約……受けてもいいと言っているのですよ」と言う。

天使が通り過ぎたかのような静寂が訪れる。

「そうなのか！？」

「は、はい……お兄さんはお嫌でしょうが……私も村の為に働きたいんです」

シーラは気恥ずかしそうに頷き、横のトールは大口を開けて戦慄《わなな》いていた。

涙目で手をわたわたと動かすその感情は複雑怪奇だ。思いがけもしなかったのだろう。

姉たる自分がこうと決めれば、全てが丸く収まると考えていたはずだ。

「聞いてない！　きーてなーい！　どういうことなの！　何もわかんないよ！」

「お姉ちゃん……落ち着いて……」

「シーラも安請け合いしちゃ駄目！」

「そうじゃなくて、私じゃないと駄目な理由があるの。料理でおもてなしする時にね、婚約者の手際が悪いと……村の恥になるから……正直、お姉ちゃんだとね……マズいかなって……」

「ぐぅ…………」

トールが苦虫を嚙《か》み潰《つぶ》したような顔をし、シリウスは頷きつつ同意していた。

「お兄さんはどうですか……？　やっぱり明るいお姉ちゃんの方が良《い》いですか？」

「……ちょっと待ってくれ」

考えたくはなかったのだが――二人とも美人である。女性として意識してしまうと領主として振る舞いづらいから、ずっと考えないようにしていた。

　二人の女性に取り合われているかのようなこの空気。俺は絶対に喜んではいけないのだ。

そもそもトールもシーラも仕事としか考えてないだろうし、勘違いしてはいけない。

「俺たちは同じ屋根の下に住んで……同じ食卓を囲んでいる。故郷では味わえなかった心温まる料理には救われた気分だったよ。シーラのもてなしには心がこもっていた。きっと風渡氏族《ハイレイブン》の長も喜んでくれる」

　俺は何やらわけの分からぬことをほざいていた。

　自分でも何を言っているか分からない。誰か助けて欲しい。

「お兄さん……」

「偽の婚約相手を……頼む。俺とこの村を助ける為に、我慢して欲しい」

「我慢だなんて……私、一生懸命……がんばります！」

「…………あたしも手伝う」

　シーラは憮然《ぶぜん》としているトールを宥《なだ》めていた。

　俺が対策すべきはダンジョン第三階層の精霊と氏族長に対するもてなし。両方とも今後の領地発展には欠かせない重要課題だ。

「俺たちが価値ある交易相手だと相手に認めさせせねばならない。何個か案があるんだが聞いてくれるか？」

頷く三人を前に、俺は計画を語り始めた。

元々貯蓄してあった踏破点が千三百。今回の四階層遠征により得たのが三百――合わせて千六百点が俺たちの共有財産だ。

これを如何《いか》に使うか――悩みに悩み、協議した結果として農業を始めることにした。

瘦《や》せた土壌を魔力で回復させる地術士という職業がある。王国でその職につくものは五百人ほどで宮廷地術師となれば数は数人しかいない。

最優にして精鋭の宮廷地術師が言ったのだ。〝西の果ての草原に、倍の雨さえ降れば王国の人口は倍になる〟と。これは俺の領地で小麦は諦《あきら》めろと言っているのと同義だ。

「作物が育つにはマナと土の栄養が必要だ。ゴレムス、古代ではどれくらいの割合だったか分かるか？」

「回答――マナが九、土の栄養が一の割合」

万能の二つ名を冠する遺物であるゴレムスだ。まさかと思って聞いたが、普通に答えられたのには驚かされる。

「王国ではマナが三、土の栄養が七の割合だがな……古代の割合だとマナの風が強くなりすぎる。魔物の活性化をどうやって防いでいたんだ」

「回答――古代文明は滅びました」

「そりゃそうだな……人の欲とは恐ろしいものだ……」

栽培におけるマナの割合を増やすのは品種改良が必須《ひっす》だが、それは難儀を極めると聞く。

「古代芋と古代小麦か……使って良いのか、これは……」

とてつもない罠《わな》だ。この作物が世界中で使われ始めれば魔物はより強くなる。俺が種を蒔《ま》く指先一つに、世界の命運が託されている。

「使うしかないか」

第一王子ヨワンと第三王子ミルトゥ――最も王位に近いとされる両名は水面下で継承権を巡って小競り合いをしているが、父王が崩御すれば動き出すだろう。俺の見立てでは国を真っ二つにした内乱が始まる。

その時、力が足りませんでしたでは困る。

「領民育成計画だな」

マナを含んだ作物は食べることで恩寵《おんちょう》度が僅《わず》かに上がるのだ。それに俺の〝劣化無効〟が合わされば老化等々で強さが落ちることもない。

「ゴレムス、散水機を設置してくれ」

村を囲う防壁の外、遺物である正方形の核を担いだゴレムスだ。遺物の家を建設する時と同じようにあっという間に散水機が完成した。

高さが風車くらいある白い円筒に見える。首が痛くなるくらいに見上げていると、先端部からこれまた棒が四方にぐんぐんと伸びていき、そこから散水した。

「骨が少ない傘のようだな。水源はどうしているんだろうか」

「回答――水生み《インフィニトム》の筒と同じ原理」

「それの原理が分からん。大気の水気を集めてるのかな」

「報告――製作者の魔道具製作権に抵触する為、原理の解説は不可能」

「そうか……」

くるくると回る傘の骨組みに当たる部分は、円状の畑予定地に散水していく。

作物の生長をマナのみに頼りすぎると味が落ちると聞く。あくまで強い土壌があっての農業なのだ。マナの力は借りるが、基本も疎《おろそ》かにしてはいけない。

「流石に七百点も使った遺物だ。ゴレムス、土を耕しておいてくれ。来年には小麦と芋を収穫できるようにな。できるか？」

「肯定」

「それと聞きたいんだがな……古代人はなぜ俺たちに遺物を与えるのか、種を与えるのか、これはダンジョンの外を発展させようとしているんじゃないのか？」

「不明」

俺がもしル・カインならどうするか。三千年前に滅んだ文明を再興するとなると、地上の侵略が必要不可欠となる。その為には拠点が必要であり〝誰かが勝手に作ってくれていた〟のであれば手間が省ける。

俺たちに遺物を与えるのは、拠点構築の尖兵《せんぺい》として使う為なのか？

俺たちは騙《だま》されずに、ダンジョンを封印すべきなのか？

だが……遺物は必要だ。まともな手段ではとても生き延びられそうにない。何か強みを見せなければヒューム勢力と獣人勢力に挟まれて圧死する。

思うにル・カーナ、ル・カイン、妖精《ようせい》たち、それぞれに思惑がありそうだ。交流を通じて真意を測っていく必要があるだろう。

「おーいアンリー！　そろそろ出ようよー！」

トールはいつもの服の上からフード付きの外套《がいとう》を着ている。エルフの特徴的な耳を隠す為であり、これから行く先を思えば当然の備えと言える。

「これはアンリの分。お姉さんたちに縫ってもらったの」

身分の隠蔽《いんぺい》は必須。俺が大手を振って〝行き先〟で伯爵と会合でもしようものなら、どんな裏工作を画策されるか分かったものではない。

「よろしく頼む。街を歩いた経験がないんでな」

「あたしは結構あるし、任せといてよ」

第7話 都市ハーフェン

Expulsion prince of out-of-skill, infinite growth in a mysterious dungeon

トール・ルンベックは腰に両手を当てて、背筋をグッと伸ばした。

アンリと一緒に村を出たのが四日前で――遠征の目的は香辛料を買うことである。

ゴーレムが引く荷車の上、小石を踏んだのか車輪ががたりと揺れて、青空の雲が揺れる。

昼夜を問わず動き続けられるゴーレムのおかげで目的地までは思ったより早く着いた。

城塞《じょうさい》都市ハーフェン――王国の要衝にあるこの都市は、国王の信任厚き伯爵が統治する場所らしく、人と魔物から領民を守る壁はとても高い。

トールがもう一度背伸びをする横で、隣のアンリは疲れた様子で寝息を立てていた。

「起きてよ、もう着いたから」

「…………ん、あぁ……もう朝か……」

「昼だって。ホントに、疲れてるんだね」

思えばアンリに休みという休みがあっただろうか。奴隷商から助けられた日から一日たりとも休みは取っていないはずだ。

「そう言えばなんで香辛料が欲しいの？　塩はいっぱいあるよね」

「俺たちが風渡氏族《ハイレイブン》にどう思われるかが大事なんだ。香辛料を持っていれば南方に通じる交易路があると思わせられるし、それはヒューム社会に受け入れられている証明になる。何を持っているか、どこと繋《つな》がりがあるかを暗に見せつける為だな」

「ほえー」

アンリがゴーレムを止めさせ、荷車を大岩の陰に隠す。ゴーレム自体も岩に擬態させて人目につかないようにした。

遠くに見える防壁の外には多くの人がごった返している。防壁の中に入らずに、外で商売をする人がいるとトールは知っていた。奴隷商に連れ回されて各都市を回っていた時、この都市は特にそういった人が多かったのだ。

トールの目から見ても外に住む人たちは貧しかった。村を放棄した難民や、重税に耐えかねて逃げた人たちが多いのだろうとアンリは言っていた。

そう語る時のアンリの顔が辛《つら》そうであったのは貴族としての自責のためだろうか。背負わなくていいものを背負おうとするのは、この人の悪い癖だとトールは考える。

「行こうか」

「うん！　顔見知りの商人さんのところだよね。昔からの知り合いなの？」

「いや、以前村にここの領主兵と一緒に来た人だ。俺を下男だと勘違いして色々と喋《しゃべ》ってくれたよ」

「あの青ざめた顔のおじさんね……」

領主兵に問い詰められていた商人は滝汗を流していた。記憶に新しい彼は貴族であるアンリを平民と勘違いして無礼な態度を取ったらしい。

当のアンリは気にした風がなく、むしろ楽しんでいたが——商人からすれば生きた心地はしなかっただろう。

土地を見れば治安の悪いところはなんとなく分かる。人が住みたくない場所は治安も悪くなるもので——例えば、水はけが悪いところ。防壁側の日が当たらないところ。川沿いの湿気が多くて病気になりやすいところなどだ。

大門前の広い通りにはテントや露天売りがあちらこちらに並んでいる。巨人が如き力を持つ領主がふうと息を吹きかければ、そのまま飛んでいきそうな感じである。

目当ての商店が近いのだろうかと横のアンリを見れば——

「そっちは駄目だって！」

通りから離れた一角に行こうとしたアンリの服を引っ張って止める。見ればガラの悪い男たちが不機嫌そうにたむろっていた。

「駄目なのか？」

「油断しちゃ駄目だよ。何かあってもこんなところまで衛兵は来ないと思うけど……騒ぎを起こしたら面倒でしょ」

「確かに……伯爵に見つかれば面倒だ。さっさと用事を済ませるか」

「そう言えば……お代はどうするの？　塩と物々交換？」

「これと交換しようと思う」

アンリが取り出したのは髪飾り《バレッタ》だった。白い宝石の周りに黄色の石で花弁が象《かたど》られている。見たこともない輝きを放つそれは素人目に見ても高そうだ。

「黄色瑪瑙《めのう》の花飾り。真ん中の宝石は何だったか忘れたが、それなりに高く売れる」

「おー！　すっごい綺麗《きれい》！　だけどなんでアンリが女物を持ってるの？」

「これは母上の形見だ」

素っ気なく、いや——努めて素っ気なく言ったのだろう。アンリは苦笑いしながら髪飾りを指先で撫《な》でた。

「……別に同情を引きたかったのでも、怒られたかったのでもないんだ。そんな目で見ないでくれ……」

「別に怒ってないけど……」

　感情が波打ったのは事実だ。

　何だったろうかとトールは思い出す。確かシーラと話していたのは、

「——お兄さんってどこかにふらっと消えちゃいそうな感じがたまにするの。お姉ちゃんもなにか気づいたら教えてね。

　これか！　とトールは思い至る。この綿毛のような儚《はかな》い感じがシーラは気になっていたのだ。構って欲しいから、気を引きたいから、どちらでもない自罰的な口ぶりや雰囲気をシーラは心配していたのだろう。

「怒ってないよ。けど大切なものなんでしょ……なんでそんな……」

「サレハがうちに来ただろう」

「うん……異母弟だって聞いた」

「俺はどうやったらサレハと仲良くできるか、分からないんだ。髪飾りを見るたびに母上の死を思い出して……憎い一族の血が弟にも流れていると、考えてしまう」

「すっごいぎこちないもんね」

「ああ……この前トールに怒鳴ってしまっただろう……たぶん……また俺は同じように迷って、取り返しがつかないことをしてしまう」

迷わない為に――母との思い出を手放す。

それは悲しくはあるが正しい一面もあるとトールも同意する。

金が必要なのは事実なのだ。そもそもアンリは貴族で領主なので、平民であるトールに口を挟む権利など一切ない。

(それでも、寂しいな)

通りを二人で歩く。そこには孤児や物乞《ものご》いも多く、足首の先を無くした退役兵が座り込んでいたりもした。

「私は南方戦線で五年間、王国の為に尽くしました……」

退役兵はボロボロの木の札を抱えている。トールには読めないが、アンリが口にしたからそう書いてあるのだろう。

「施しをすると……人が寄ってきて大変だから……」

「そうなのか」

アンリの背を押して前に進む。すれ違う人はヒュームしかおらず、トールの同族は全く見当たらない。

「トールは姉妹仲を保つ為に何か心がけているか?」

「あたしたちは双子だし、一緒なのが当たり前だったからねー。秘訣《ひけつ》なんてないよ」

「そう言われると困るな。参考にしたいのに」

アンリの背中越しの言葉。どんな表情をしているかは窺《うかが》い知れない。

不安なのだろう。兄たちとは仲が悪く、どんな嫌がらせが来るか分からないと以前に漏らしていた。せめて村にいる間は心安らかに過ごして欲しい。

「さっきみたいにさ……正直に心の内を話すのが良《い》いよ。相手が何を考えてるか分かんないのはさ、不安になるから」

「正直、か」

「一緒に住んで、一緒のものを食べてればね、そのうちアンリの悩みはなくなるはず」

きっと答えは単純なはず。時間で流せない痛みがあることはトールにも理解できる。それでも、日々の暮らしや汗を流す時間は痛みを和らげてくれた。

「話しづらかったらあたしを挟んでくれればいいしね」

「ありがとう。また頼むよ」

目当てと思《おぼ》しき天幕の前に着く。立て看板には金貨の重さを量る天秤《てんびん》が描かれていた。

「また俺が間違えそうになったら頼む。次は銃で撃ってくれても構わないから」

「それってギリギリ死なない？」

「頭に当たっても耐えられるはずだ」

「……あんまり人間辞めないでね」

アンリが天幕の入り口に手をかける、が一瞬逡巡《しゅんじゅん》してから振り向いた。

「……天幕前で待ってるとトールが盗み聞きしていると勘違いされる。通りまで戻って待っていてくれ。三十分で戻るから」

女の独り歩きは危ないが、今の自分なら大丈夫だとトールは考える。ゴロツキ相手なら魔導銃を抜くまでもなく制圧できるだろう。

頷《うなず》いて通りまでゆっくりと歩いていると、後ろの天幕の中から中年の野太い悲鳴が聞こえてきた。

(何してんだろ……暴力……いや、それはないよね)

香辛料と母の形見は釣り合うと言えるだろうか。

天秤で量ろうとするにはあまりにも重い。

「三十分あれば……見つかるかも……」

小走りで通りまで戻る。目当ての場所は恐らく人目に付かない端っこにあるはずだ。トールは息を切らしながら、時間に間に合うように探し続けた。

「あった……」

そこには濃いめの化粧をした女が立っている。足元にスリットが入ったロングスカートから、わざと足を出して道行く男を誘っていた。

「幾らだ？」

一人の男が相好を崩して一時の値段を聞いている。どこの街にだってある風景、故郷から馬車で行ける都市にだって同じような人はいた。

トールが奴隷商に連れ回されていた時、この都市にも立ち寄った。馬車から降りていった同胞は決して戻ってくることはなかったのだ。

（やっぱり、いた……）

自分と同じように誰かに助けられていて欲しいと思った。けどそれは森に落とした小石を探すように難しく、目の前にある光景は当たり前過ぎた。

――村の仲間が、客引きをしている。

金の髪、長い耳、巡礼者がまとう白い装束を着ているが――隙間からは肌が見えた。敬《けい》虔《けん》なエルフを裸に剝《む》くのは、男にとってそこまで楽しいことなのだろうか。

ふつふつと沸き立つのは怒りか、憎悪か。かぶりを振ってトールは思い直す。これは助ける力なき己に怒るべきだと。自分はそうあるべきだと強く思う。

「あの……すいません……」

トールは男に声をかける。できるだけ温和そうな、金払いの良さそうな男を選んだのだが、それは正解だった。

「どうしたんだいお嬢ちゃん。ここらは危ないよ」

「はい、けどお聞きしたいことがあるんです。姉が家を出てあそこで働いているんですが……身請けをするには幾らぐらい必要なんでしょうか？」

「モノによるねえ」

ここでは彼女たちをモノ、と言うらしい。

「上物なら百万ルウナ、そこまで行くと為替で払うがね。安いのだったら二万から五万くらいじゃねえかな。まあ〜、おじさんには払えない額だよ」

「あ、ありがとうございます！　それじゃ！」

男の目が値踏みするそれに変わる。ゾッとする気持ちを抑えながらトールは走り、天幕まで戻った。

切れる息を深呼吸して抑える。服を手でばたつかせて汗を引かせる。それでも熱は引かず、春の陽気がただただ恨めしかった。

「それでは契約成立ということで。また来ますね」

天幕の中から声が聞こえる。若い溌剌《はつらつ》とした声と、疲れ果てた中年の声。

「もう二度と来ないでください……閣下になんて説明すればいいんですか……」

「その髪飾りは閣下に見せないように」

「やっぱり厄介品なんですね、これ。もう来ないでくださいね」

「また来ます」

天幕をばさりと開けるアンリは、日光の眩《まぶ》しさに目を細めていた。

「もう戻っていたのか。それじゃあ迅速に帰ろう。伯爵の使いが俺を追ってくるかもしれんからな」

どこか吹っ切れた顔をしているアンリである。トールは胸の二つのモヤモヤを抑えようとするが、上手《うま》く笑顔が作れなくて俯《うつむ》いてしまった。

第8話　交易路開通

Expulsion prince of out-of-skill, infinite growth in a mysterious dungeon

ハーフェンから四日かけてトールと一緒に村に帰ってくれれば、次の課題が待っていた。

家のキッチンには集めた食材が燦然《さんぜん》と並んでいる。

妖精《ようせい》から貰《もら》った野菜は人参《にんじん》、芋、玉ねぎ。

好意的な商人から買い求めた香辛料、それと余った金で買った砂糖と小麦粉。

領民が狩った獣肉は潤沢にあり、何なら羊を潰《つぶ》しても良い。

家畜由来のチーズも山のようにある。

サレハとシーラは材料を前にうんうんと唸《うな》っている。俺たちが恐ろしき侵略者ではないと証明する料理を風渡氏族《ハイレイブン》に振る舞わねばならないからだ。

「今回来る主賓は氏族長イェルキバとその子供だ。護衛も何人か来るはずだがその者らにもてなしは要《い》らないと聞いている」

「それでも何も出さないのは失礼ですよね……じゃあ村の人と一緒に食べられるよう、大《おお》鍋《なべ》の煮込み料理を出しておきますね」

　ハイレイブン家の子供は三人いると既にシリウスから聞いており、「示威目的なら上の二人を連れてくる」と豪語していた。だが念の為に四人分を用意しておこう。

「先方は最大で四人、こちらは俺とシリウスとシーラだから七人分だな」

　領主の館《やかた》はない為、振る舞い場所は俺の家にする他ない。

「二人には簡単に説明しておこうか。風渡《ハイレイブン》氏族は六の氏族を束ねるここら一帯の大勢力で、山間の風が強い場所に住んでいる」

「聞いたことがあります。何でも魔眼の一族なのだと」

「女氏族長イェルキバは〝絶死の魔眼〟を持っていて、娘二人も未来視と魅了の魔眼持ちと聞いている……あまり目は見つめないように」

「一番下の子は魔眼持ちではないんですね」

「シリウスは知らないと言っていた。あまり評判の良い子ではないらしくてな。外に出ることも少ないそうだ」

　魔眼はとても珍しいもので性質も特異だ。

　魔術を行使するには、体内の魔力を術式で変換する必要がある。威力・精度・変換効率も術式由来であって過程で無駄はどうしても出てしまう。

しかし魔眼にはそれがない。

目は体の一器官であり体内魔力と完全に同調している。魔眼に刻まれた術式は一切の無駄なく完璧《かんぺき》に行使できるのである。問題点としては一つの魔眼には一つの術式しかないのと、成長と共に得るものだから選ぶのも不可能であること。

魂の歪《ゆが》みからくる能力《スキル》と同じで血統主義の極みである。イエルキバの優秀さを褒め称《たた》える万の言葉よりも、魔眼の怪しい輝きは民を治めるに効果的であろう。

「絶死って……見られたら死ぬんですか……」

シーラの顔が蒼白《そうはく》になっている。

「魔眼は発動しないと普通の目と一緒だ。それに格上の相手には効かない」

獣人の氏族長であれば恩寵《おんちょう》度は高く見積もっても六十。俺は防げるだろうが同席するシーラとシリウスは無理だ。

「暴力で相手を従えるのは簡単だと思う。一人を十年縛り付けるなど容易《たやす》い。けれどイエルキバのように多くを従える者ならば、その愚を犯す危険性は知っているはずだ」

「私には難しいお考えです……そんな身分の人と会うなんて初めてで……」

「敵対関係じゃないし、いきなり牙《きば》を剝くほど愚かではないだろう。ゴーレムには魔眼が効かないから護衛として配置する」

「は、はい。私はおもてなしの方を頑張ります」

シーラが芋と人参を手に取る。キッチンには一通りの調理器具が揃《そろ》っていて、かまどもある。だが薪《まき》を入れる穴が見当たらない。

「これは魔力式のかまどみたいなんです。最近はサレハさんに手伝ってもらって火を起こしているんですよ。ね、サレハさん？」

「魔力を勝手に吸い取って動いてくれるんです」

おずおずとサレハが上目遣いにこちらを見た。気を抜くと女性に見えてしまう……。

「煮る、焼く、蒸すができるのはありがたいな。サレハ……お手柄だ」

「はい！　もてなしのメニューですけど、野菜があるのでポタージュはどうでしょうか？　後はパンですね。この地方は平たいパンを焼くそうですよ」

「水と小麦粉と塩、酵母……酵母はあるのか？」

「……村の跡地から回収したものが、いくつか」

エイスとの一件を思い出させてしまったせいで、会話が途切れてしまう。

「羊はまるごと一頭、香辛料で味付けしちゃいましょう！」

シーラが両手を胸の前で合わせる。乾いた音が室内に響き、サレハも沈んだ顔を持ち上げる。忘れることは無理だろう。多くの人が苦しんだのだ。

「皆さんお肉が好きなので鳥のローストも作っちゃいますね」

「ロック鳥がいたな。狩っておこう」

牛を攫《さら》って喰《く》らう獰猛《どうもう》な魔物だ。俺かシリウスなら楽に狩れる。

「卵も欲しいですね……戦士さんにお願いしときます。ロック鳥かコカトリスの巣があれば……手に入るはずですので」

「うちの領地って魔物だったら何でもいるからな」

宮廷料理には及ばないが肉が主食の彼らにとって、このメニューは珍しいだろう。山間の彼らは家畜を飼いづらいから乳製品も普段は口にできない。何か一つでも気に入ってもらえればいいのだが。

「あ、大変なことに気づきました」

「足りないものでもあったか？」

「デザートがありません……」

とても真剣に、シーラが「やってしまいました……」と慌てている。

甘味、デザート、あまりピンとこない。正直、どうでもいいと思ってしまう。

「どうでも良くないか？」

「大事です！　イェルキバ様は女性ですし、お子さんが来られるなら……絶対に甘いものが食べたいはずです……！」

「そうかなぁ。デザート……果物は買ってなかったな」

思い返す。妖精の大樹集落──あそこには大樹の中に果樹が植えてあった。あの時は珍妙な光景だと考えていただけだったが、交渉して貰っておくべきだったか。

「妖精と物々交換してくる。彼らは何が好きなんだ、シーラ」

「甘いもの、キラキラしたものが大好きです。お砂糖を半分持っていってください」

「……よし、四階層への交易路を開通しないといけないな。まだ時間はあるから行ってくるか」

果物は新鮮な方がいい。風渡氏族《ハイレイブン》の書状では到着は明後日《あさって》を予定しているとあったので、まだ時間は足りる。

それに彼らが来ればダンジョン秘匿の為に潜れる機会は減る。今のうちに片を付けるのが上策と言えよう。

「サレハとシーラも準備しておいてくれ」

「はい、料理の準備ですね」

「戦う準備をだ。これからダンジョン三階層まで……行く」

これも領民育成計画の一環だ。困惑する二人に説明を始める──

――ダンジョン三階層。お決まりのメンバーで散策する。

「サレハとシーラが来る前に火の精霊をなんとかする」

「りょーかい。行くよガブリール」

「ガウッ!」

厚い壁のおかげで三階層拠点付近はそこまでではないが、通路を進むにつれて温度が上がっていく。さながらパン窯の中の生地になった気分だ。

「マズいよね。あたしたち以外は精霊を傷つけるのをすごく嫌がってるし」

「下の階層に行くには絶対に精霊と鉢合わせる。考えていたんだがな……精霊だって生きているんだから、この階層を好む理由があるはずだ」

「下の方がマナが濃いもんね。木を燃やしたくない……う~ん、精霊が森を焼くことはよくあるし、違うかも」

「俺はダンジョンで生態系を維持するってことをずっと考えていた」

捕食種の魔物がいれば、喰《く》われるだけのそれもいる。苔《こけ》は空気を生み、誰かの食べ物となり糞《ふん》に変わる。糞はぶよぶよとしたスライムに吸収され、また一つの流れができる。

「熱も生態系の一部だ。火を吹く大蜥蜴《おおとかげ》が精霊と共生しているかもしれんし、もしかすると別の階層で溜《た》まった熱をこの階層に捨てているかもしれない」

「となると……原因がどっかにあるよね。魔物だったり排熱の穴だったり」

地図を取り出す。そこには精霊が通る経路が描き込まれていた。

「戦士たちに調べてもらった。精霊は北西の通路から出てきている。拠点とかの涼しい方に移動すると弱ってしまうみたいで、また北西に戻る」

「けど熱すぎて近づけないじゃん」

「考えがあるんだ」

「もしかして水生みの筒《インフィニトム》で水をかぶって我慢するとか……言わない？」

「よく分かったな、って痛い。止めてくれ。腹はやめろ、腹は」

脇腹の肉をぐいっと摑《つか》まれる。痛くも痒《かゆ》くもないが心が痛くなる。もしかするとシーラとの偽装婚約の恨みを晴らそうとしているのかもしれない。

「あの熱量だったら被った水は蒸発しちゃうよ」

トールの諫言《かんげん》はごもっともだ。

ガブリールに索敵してもらい、北西に進む。

「いるな。精霊が一匹。水をかけてくれ」

「やっぱりそのクソ作戦で行くんだ……」

「クソじゃない」

服から水が滴るくらいにびしょ濡《ぬ》れにしてもらう。そして〝二つ目〟の底なし背負い袋《アビス・サックス》を取り出す。

通路の先、距離にして四十歩——何も考えずに全力で駆ける。

今の身体能力なら至近まで一瞬で届く。

十歩の距離。精霊を構成する猛《たけ》る炎が膨らむに合わせ、袋を広げた。

「魔力干渉か、だが——」

火炎で俺を灼《や》くのではない。体内の魔力に干渉して、前のように俺たちを前後不覚にさせようとしているのだ。だが、俺には効かない。たとえ俺が万人いようとサレハの魔力量には至らない。俺は貴族にしては異例にして異端、取り込んだマナを魔力に変換するのが死ぬほど下手な体質だ。

五歩、熱が頬をジリジリと灼く。

二歩、被った水が蒸気に変わっているかと思うように熱い。

「つらあっ！」

袋を広げたまま虫取りの要領で捕まえる。

精霊は膨大な熱を出して中で抵抗しているだろうが、この袋は見た目以上によく入る。すなわち、熱が大量に発生しても袋が破けたり爆発することもないのだ。

「よし、捕まえた！」

「いやいやいや！　燃えるって、ん……あれ？　燃えてない……」

「遺物は基本的に頑丈だ。火や熱くらいでは燃えないさ」

外で耐火性は既に確認済みだ。予想通り精霊の炎にも耐えてくれた。

「これで精霊は餌《えさ》がない状態だ。放っておけば消滅するが……皆の信仰を考えて外に放すか。火山とか地底都市とかに帰っていくだろう」

「おお……クソ作戦って言ってごめんね。あ！　あっちから皆が来るよ」

後ろから若い戦士が来る。今の様子を見ていたようで驚きが表情に出ていた。

「長《おさ》……オレたちにも手伝わせてくれませんか？」

「危ないぞ」

「ここにいるのは魔術の才能がからっきしの奴ばかりですので、長と同じやり方でやってみます。精霊を殺さずに……外に出て頂くのは……オレたちの願いでもあります」

拝月教では精霊は神の使いとされている。尊きものではあるがあくまで信仰の対象は神とされる。

我々ヒュームは神殿で神の偶像を見るから、神を信仰する。

獣人は精霊を直《じか》に見て恩恵に与《あずか》るから、精霊を信仰する——のかもしれない。

そういった生活の違いが影響しているのだろうか。推論にしか過ぎないが。

「袋を渡しておく。無理はしないように」

「ええ、フェインのアホが今頃無理してるんで、合流してきます！」

三人分の足音、一人が振り向き「北西の精霊を引きつけてきます」と大声。

俺はトールと一緒に手を振って見送った。

「俺たちも行くか」

通路を何度か曲がり、魔物はガブリールの索敵でかわす。グルルと唸《うな》る彼女は魔物の体臭にとても敏感で、こういった場面ではとても頼りになる。

しばらく歩いて北西の曲がり角の前に着くと、戦士たちが引きつけてくれていたおかげで精霊の影はない。

だが、異常に暑い。床に卵を落とせば目玉焼きができそうなくらいで、熱源があると思《おぼ》しき通路の最奥は熱のせいで風景が歪《ゆが》んでいる。

「水を——」

「ちょっと待って……あたしも被る……」

　二人してずぶ濡れになる。ガブリールは舌を出しながら倒れそうになっているので、水で濡らしてから拠点に帰らせる。トールの「ありがとうね……」という感謝の言葉を聞きつつ、ガブリールは何度も振り返りながら通路を戻っていった。

「何ここ！　火山、火山なの⁉　暑すぎるんですけど！」

「喋《しゃべ》ると余計に熱くなる……うわ……奥が熱で蜃気楼《しんきろう》みたいになってる……」

「水だけじゃ無理だよ……茹《ゆ》だって死んじゃうよ……」

　心配するなかれと底なし背負い袋《アビス・サックス》を取り出し、頭から被る。体が全部入るとマズい気がするので胴体の半ばまでだ。視線を左右に動かすと中は夜のように真っ暗で、手を奥に伸ばしても当たるものはない。異空間だろうか、未知の技術だ。

「……変質者が出た……」

「聞こえてるぞ。声は届くみたいで何より。このまま奥まで突っ込むから何か異変があったら大声で知らせてくれ」

「ううん、あたしが行くよ。袋を渡して」

「トールはスノーエルフだ。俺の方が成功する確率が高い」

「…………ぅぅうう。あたし……頼ってばっかり……」

「俺がなんとかしないと駄目なんだ。領主だからな」

袋の中にいると熱は感じない。前も足元も見えないが、小走りで通路を進む。下半身から滝のように汗が出るが、それは我慢だ。服が乾いてしまえば熱傷は必至。

「あと少しで部屋に入るよ!」

トールの声が遥《はる》か後ろから聞こえてくる。

「入った! 中を調べてーっ!!」

だからといって袋を脱ぐわけにはいかない。

まずは部屋の構造を知る——入り口から壁にぶつかるまで歩数にして十二歩。右に曲がりぶつかり、振り返ってまた体をぶつける。

部屋の構造はやや縦長の長方形。地面に凹凸はなく、魔物の気配もない。

ドワーフが造るような排熱口は無いと感じた。機械が奏でる不愉快な音はなく、上からも下からも熱が吹いている気配は一切ない。

ジリジリと部屋を塗りつぶすように歩く。

「これは……」

腰あたりに何かがぶつかった。右手だけを一瞬出してまさぐると台座のような形をしていた。

「っつつつ……」

手の熱傷、一瞬でも肌を露出すれば無事では済まない。台座の上に膨大な熱を放出する何かがあるのだ。生き物ではなく、人工物――恐らく、遺物だ。

「――――ッ!!」

精神を集中し、袋を勢いよく脱ぐ。

信じがたいほどの熱が肺腑《はいふ》に入り込み、喉《のど》を灼く。咳《せ》き込もうとしたが掠《かす》れた声が出るのみ。頭の中身が溶けて鼻から出ているのかと思ったが、只《ただ》の汗だった。

袋を広げ、遺物と思わしきモノの上で広げる。

ゴツゴツとした拳《こぶし》大の石。これが赤熱化して熱を発生させている。

「――――ツァア！」

精霊を捕まえるようにして遺物の石を袋に閉じ込める。刺すような暑さはなくなったが、壁や空間から伝わってくる熱は信じられないほど。

足が重い。急激な脱水で視界が揺らぐ。このまま、倒れてしまいたい。

「こっちー！　この水たまりに飛び込んでー！」

不愉快な耳鳴りを我慢していると、トールの声がやけにはっきり聞こえた。

冥界《めいかい》の責め苦を味わったことはないが、こんな感じなのだろうか。

朦朧《もうろう》とした意識、ガツンと頭を殴られたのかと思ったが違う。頭から地面に倒れたのだ。

「────だい────み────！」

体の熱が引いていく。体のジメッとした感覚は失禁かと思ったが違う。トールが水をかけてくれていた。

生存本能がなせる技だろうか、いつの間にか元の場所まで帰ってきていたらしい。喉に冷たい何かが流れると、声が出るようになった。治癒ポーションだ。

「死ぬかと思った……」

「背中に乗って、拠点まで帰るから！」

「ま、任せた……」

熱源はこれでなんとかなる。交易路の開通は成せたと言えよう。

無駄に熱いこの石をどうしたものかと考えながら、トールの足音を聞いていると──

──三階層の拠点にたどり着く。サレハとシーラも到着していたようで、まるで赤子に接するように心配されてしまった。

「熱傷はポーションで治った。もう……大丈夫だ……」

トールの背中から下ろしてもらい、体の様子を改める。サレハが薄く延ばしたポーションを腕に必死に塗っていたから、そこは酷《ひど》い熱傷だったのだろう。

「兄様……一度帰りましょう。頑張るのは素晴らしいと思いますけど、このままじゃあ倒れてしまいます……」

「……いや、二人にはしてもらうことがあるんだ。これから他氏族と交流が始まり、もしかするとガラの悪い人も来るかもしれない。その時サレハやシーラが非力なままだと危ないからな」

「鍛えるってことですね。頑張ります！」

――正直に心の内を話すのが良《い》いよ。相手が何を考えてるか分かんないのはさ、不安になるから。

トールの言葉をふと思い出した。危ないから鍛えろ、王族だとバレたくないから黙っていろ、俺はサレハに命令ばかりしている。これで兄だと言えるのか？

「……サレハ」

「なんでしょうか……？」

「俺は故郷を出るまで、俺の一族が振りまいた不幸を無視していた。不当に奪われて……踏みにじられてきた人がいるのに」

サレハがこちらを見つめ、深く頷《うなず》いた。

「その中にはサレハやトール、シーラ、それに領民の皆もいる。俺はこれ以上、皆に苦しい思いをして欲しくないんだ」

「兄様……そんな風に思って……」

「俺と一緒に強くなろう。いつか本物の家族と住む為に、その為に俺にできない……魔術の強さを身に着けて欲しい。俺は剣の腕を磨いて、サレハの助けになる」

第四王妃シーリーン。囚《とら》われの王妃は、狂王に未《いま》だ苦しめられている。

絶対に助け出す。これ以上ボースハイトの悪徳に触れさせたくない。

「鍛える方法だが――」

俺の服の裾《すそ》を握りしめるサレハを見て、トールとシーラが目を細めていた。急激に恥ずかしくなるが、言うべきことを言うことにした。

「鍛える方法はだな」

「お姉ちゃん……言い直したよ」

「そうだね。言い直しちゃった……照れてるんだよ、きっと」

咳払《せきばら》いでごまかす。仕返し……ではないが俺の血入りポーションを二人に渡す。

「気持ち悪いだろうが我慢して飲んでくれ」

ボースハイト家は何百年も人体実験を続けてきた。俺の血が変な特性を持っているのもそのせいなのだろうか。東方にあるという王立魔導院に行けば分かるかもしれないが、今すべきでないことだけは確かだ。

「サレハは……もう飲んだのか。シーラも頼む」

「は、はい！」

瓶を開けシーラの小さな口にポーションがどんどんと入っていく。これでダンジョンの嫌な特性が無効化される……が申し訳ない気分で一杯だ。

拠点を出て長い通路に入る。

そこには半死半生の魔物が五十体ほど整然と並んでいる。石を投げてくるオーク、動く鎧《よろい》、こちらを惑わす目玉の化け物、コアが傷ついたスライム、一階層から三階層までの魔物たち――全て戦士たちに揃えてもらった。

「よく聞いてくれ。これから二人はここにいる魔物を全て殺すんだ」

皆は困惑を顔に浮かべ、シーラは「え……」と恐怖にも似た小さな声を漏らした。おかしいな……魔物を殺すのは教義に則《のっと》った、尊い行為であるというのに。

「じゃあサレハから行こうか。俺の剣を貸すからとどめを刺そう」

「はい！　残酷ですけど……魔物ですもんね。えーと、鎧の魔物とか血が出ないのはシーラさんに残しますね。僕はオークにしようかな……？」

魔物を品定めするように歩くサレハだ。言葉通りにオークの前で立ち止まり、深呼吸してから剣で頸動脈《けいどうみゃく》を掻《か》ききった。

血が心臓の動きと連動するようにして吹き出す。驚いたのか、返り血を避《さ》けようとしてサレハが尻《しり》もちをついてしまった。

「その調子だ。よし、シーラも同じように……シーラ、大丈夫か？」

シーラの顔色がとても悪い。血が苦手なのだろうか。

「で、できません……。私、そんな……魔物を……」

「もしかして……魔物が好きだったのか？　そういった愛好家もいると聞くが」

とても難儀な性癖だ。トールに助けを求めると耳打ちが返ってくる。

（シーラは虫も殺せない子なの。っていうか、サレハに死ぬとか殺すとか、そーいうのは気にしちゃうでしょ！）

（あ……）

（あ……って言った。けど……魔術を使う為にも鍛えるのは必要だってのも分かるし……うーん。良かったのかなぁ……）

悩んでいるトールに了承を取り、小ぶりなナイフをシーラに渡そうとしたのだが、目が泳ぎすぎていて渡すのをためらわれる。

「シーラ、お姉ちゃんに任せて」

「け、けど、私もやらないと。皆が用意してくれたのに……無駄に、なっちゃう……」

「いい方法があるの」

「ほ、ホント！　教えて、お姉ちゃん！」

トールは太もものホルスターから魔導銃を抜き、シーラの白い手に手渡す。ずしりとした重さに手が少し下がるが、なんとか落とさないようにしっかりと握っていた。

シーラの呼吸は荒い。魔物に対して博愛主義を発露するなど、どれだけ心根が優しいのだろうか。本当に……すごいと思うし、尊敬する。

「銃なら……罪悪感が薄れるから……ね？」

「ひぃ――――――っ！」

「あたしも賛成なの。力があれば悪い人にも負けないし、あんな奴隷商なんかに捕まらなかったでしょ。だからシーラ……お願い、がんばって」

「ひ、ひぃ……ひぃん……」

なんとか魔導銃を構えているが銃口がぷるぷると震えている。不憫《ふびん》すぎて俺まで罪悪感を覚えてしまう。いや……提案したのは俺なのだが……。

「はぁー、はぁー……ふう……はひぃ……」

ダンジョンに過呼吸気味のうめき声が木霊《こだま》する。
魔導銃が唸《うな》りを上げるその時まで、シーラは迷いに迷っていたのだった。

第9話　魔眼の一族

Expalsion prince of out-of-skill, infinite growth in a mysterious dungeon

有翼獣人であるギエナ・ハイレイブンは眼下に草原を見下ろしている。

翼腕が風を切る感覚。頬に当たる風はいつもだったら心地よいのだが、行き先が〝ヒュームの群れ〟と来れば嬉《うれ》しくはない。

風渡氏族《ハイレイブン》に書状を携えたゴーレムがやってきたのは記憶に新しい。母でもある氏族長イエルキバ・ハイレイブンが十の近衛と共に出向くと即断し、ギエナも言われるがままに帯同する羽目となった。

ギエナは先頭を征《ゆ》く母の後ろ姿をなんとなく見つめている。

白き山の頂は遥《はる》か後方になり、今視界に映るのは一面の草原だ。周りの氏族は決して立ち入ろうとしない死の草原——戦士たちの顔にも緊張が走っている。

「シリウスは焦ってるんだろうね、村は流され財産は濁流の底。窮地ですがるのはなんとヒュームって言うじゃないか」

のんきそうな声を出しながらイェルキバはギエナの方に振り向いた。

ギエナはこの夜の闇のような瞳《ひとみ》が苦手だ。心の内まで見透かされているような気がして不安になる。

「劣等種に跪《ひざまず》くなんて、オレはシリウス殿を見損なった」

銀爪《シルバークロウ》氏族は邪悪なアンデッド使いに滅ぼされたと聞いた。多くの財産を失ったのは同情に値するが、ヒュームの傘下に入るのはどうしても相容《あいい》れなかった。

「劣等かい……いいかいギエナ、人が何かを罵倒《ばとう》する時はね、自分が言われたら嫌な言葉を記憶の中から掘り出すんだ。そこをシリウスに見抜かれるんじゃないよ」

「………………」

「返事は？」

「はい………………」

ため息は我慢する。周りの戦士に聞かれると余計に侮られる。

「お前を連れてきたのには理由があるんだよ。よく考えるんだね」

ギエナはそれだったら姉たちを連れてきたら良かったと、胸中で吐露する。次代の長《おさ》として相応《ふさわ》しき素晴らしい魔眼を持つ二人だ。

反面、ギエナの持つ魔眼は氏族社会において重宝はされない。直接の武勇に繫《つな》がるもの

ではないからだ。

「私はお前に期待してるんだよ。連れてきたのも見識を深める為さ」

突き放されるとたまらなく腹が立つが、こう言われると絆《ほだ》されてしまう。こういったやり取りのたびにギエナは己の流されやすい心にも苛立《いらだ》ちが募ってしまう。

「長よ、あれは何でしょうか？」と近衛戦士が何かを指差す。空から狩りをする風渡氏族《ハイレイブン》にとって点にも等しき〝何か〟を見定めるのなど朝飯前だ。

だが——皆がざわついているのはその正体が分からないからだろう。

（ゴーレム……と、農業？　あれは水を撒《ま》いているのか）

ドワーフが造る機械よりも更に高度。傘のような白い塔から規則的に水が撒かれている。その下では岩でできた頑強なゴーレムが手で石を取り除いているのだ。なるほど、ああすれば効率的に開墾は進むだろう。

「へぇ……面白いねぇ……」

イェルキバが不敵に笑い「あれは遺物さ」と周りに説明した。

「遺物を見てどう思ったかい？」

「あれをどうやって手に入れたかが……群れとしての強さを示す」

「そうだ！　分かってるじゃないか！」

空の上でなければ頭を撫《な》でてきそうな喜びようだった。

「お前にはお前の良いところがあるさね。そこを伸ばして欲しいんだよ」

言葉が耳に入らない。ギエナにとって指導者とは英雄の一面を持ち合わせるものだ。槍《やり》を持てば戦士が震え、放つ大喝は万の兵を畏縮《いしゆく》させる。そういった英雄に子供の頃から憧《あこが》れていた。

だから、こういった軍師気取りの推論など不格好の極みだと考える。

（あの遺物がヒュームの王から貰《もら》ったものなら、貴族としての格を示している。他から奪ったものなら君主としての性格と軍事力が分かる）

アンリ――謎の男。

貴族だとは聞いているが、その名は誰も耳にしたことがなかった。数百のアンデッドを単騎で屠《ほふ》る強者《つわもの》らしいが魂胆は誰にも分からない。

書状には防壁内に直接入っていいと書かれていた為、ギエナたちは勢いよく滑空して村の中に降り立つ。

そこには一人のヒュームと銀爪《シルバークロウ》氏族の戦士たちがいた。出迎えだろう。

「初めましてイェルキバ殿と戦士の皆様方、自分はこの地を治めるアンリと申します」

これがアンリか、とギエナはしげしげと観察する。

顔つきは自分たちとそう変わりはしない。

ギエナたちは腕と翼が一体化した翼腕を持つが、アンリの腕には被毛も羽も生えていない。これは書物で読んだヒュームの特徴と一致している。

こちらは飛びやすくする為にタイトなシャツを着込んで、その上に白の装束を羽織る。雲と同化するような民族衣装は空戦において有利に働く。

しかし、地を這《は》うヒュームにそういった創意工夫は必要ない。

うさんくさく微笑むアンリという男はイェルキバとしばし歓談し、通り一遍の挨拶《あいさつ》を続けていた。

「それでは食事としましょう。どうぞイェルキバ殿」

歓待の挨拶は終わり、アンリが住まうという家にギエナたちは入った。

黒の刺繍《ししゅう》が入った赤色の絨毯《じゅうたん》が敷かれている。遊牧民が使う移動式の家ではなく、地に足のついた一軒家。広さはそこまでではないが清潔にされている。

(ウチのような大きな屋敷はなし。大した財力はないのか……？)

道中で家畜の群れも見た。百近くはいたので、それなりに財産は残っているようだ。外では羊を一頭バラして肉料理を作っていたので、もてなす準備もできているらしい。

「では改めて挨拶といこうか。私は風渡氏族《ハイレイブン》の長、イェルキバ・ハイレイブン。こっちは長男のギエナ――年は十二だ」

「初めましてアンリ殿。ギエナと申します」

「こちらこそ初めまして。ここの氏族長をしているアンリです。こちらは既に知己でしょうが家臣のシリウス。今日はお会いできて嬉しく思います」

ギエナはアンリをジッと見る。

灰色の髪で体軀《たいく》は標準的。この世の全てを恨んでいそうな目つきはどことなく共感を覚えさせてくれる。

だが――気づかれないようにギエナが控えめに魔眼を使うと、アンリの莫大《ばくだい》なまでのマナを感じ取れた。この場で一番の強者であり、次いでイェルキバ。ごく僅《わず》かに劣るのがシリウスで最下層は当然ギエナだった。

取り留めのない時候の挨拶や、世間話が続く。家畜の育ち具合やどこの牧草地に魔物が出るかなど、ギエナにとってはあまり興味のない話だった。

「暮らし向きはいいようだねぇ。アンリ殿も若い領主だというのに大したものじゃあないか。こんなに魔物が多い土地でさぁ」

「ははは、大変ですよ。ですが我々で魔物の数を調整できれば、皆様の平穏にも繋がる。やりがいの多い領地だと自分でも思っておりますよ」

アンリとイェルキバが顔を見合わせて笑う。

ヒュームは嘘らしい笑顔。対するイェルキバは不敵な笑いである。

「それと死霊術師の討滅、氏族を代表してこのイェルキバが感謝申し上げるよ。仔細《しさい》は書状で承ったが、実の兄を誅《ちゅう》したその覚悟に皆も感嘆している」

「我が一族の恥です。この手で雪《そそ》ぐのは当然の務め。お気になされぬよう」

アンリはとても冷たい目をしていた。ゾッと底冷えするような感情のない声。ギエナは一瞬アンリが剣を持っているのかと錯覚したほど、恐ろしいと感じた。

「アンデッドはもういいとしてもさね。蛇が最近ウチの領地に出てねぇ、困ってるのさ」

「人喰《ひとく》い蛇ですか？　厄介ですね」

「そうさね。真っ赤な真っ赤な尾を飲む蛇さ。槍で突《つつ》けば噛《か》み付いてくるし、煮ても焼いても食えないってのはアレのことだろうねぇ！」

明確な挑発行為——王家の紋章である尾呑蛇《ウロボロス》を侮辱したのだ。ギエナは浅慮に過ぎる問いかけにギョッと息を呑《の》んだ。

王国貴族に対してそのような物言い。アンリがどういった人物かはまだ読めないが、主君を小馬鹿にされたのだ。

今すぐ剣を持てと、配下の戦士に下知を出してもおかしくない。

「ははは！　尾呑蛇《ウロボロス》ほど厄介なものはない！　そのうえ〝双頭〟となれば一つの体は木に引っかかって干からびてしまうでしょうよ！」

アンリが大口を開けて、愉快愉快と大笑した。

ギエナはアンリに対する考えを改める。こちらの挑発を容易《たやす》く飲み込み、笑いにまで変えてしまう。その程度の小競り合いなど飽きていると――アンリはイェルキバに暗に告げたのだ。外交において相当に場馴《ばな》れをしているのだろう。侮れない。

「蛇殿の使いからよく誘われるのさ。大隊長の座を与えるからひれ伏せってね。アンリ殿はどう思うかい。男なら自分の軍勢を率いる栄華を浴びたいものだろう？」

「どうですかね。子供の頃は英雄譚《たん》に憧れたものですが」

イェルキバの挑発は不発に終わった。ギエナは最初、ただ喧嘩《けんか》を売ったのかと思ったがどうやら違うらしい。相手にどこまでの度量があるか試したのだ。

「今日は来て良かったよ。シリウスが主《あるじ》に選んだ男だ、この目で見てみたかった」

気に入ったと、第一の試しは合格だと言っていた。

（くそ……嫉妬《しっと》してても仕方ないだろ……）

誰にも負けない力、異種族を束ねる権力。母もああいった英雄然とした男を息子に欲しかっただろうと、ギエナは忸怩《じくじ》たる思いを抱えた。

「失礼します。皆様、長旅お疲れさまです。お食事の準備をしますね」

耳長——肌が白いエルフが入室してくる。風渡氏族《ハイレイブン》の領地では見ない不思議な美しさで、ギエナは息を呑んだ。

エルフは木皿一杯の食事を手に入ってくる。村の若い娘たちも五人引き連れ手際よく準備を始め、すぐに絨毯の上には所狭しと料理が並べられた。

「可愛い娘さんだねぇ！　シリウス、こちらは？」

「こちらシーラ・ルンベック。主の婚約者です」

シーラと呼ばれた娘がぺこりと頭を下げ、アンリの隣に座った。

生まれながらにして恵まれた人間というのはいるもので、アンリというヒュームは美しい妻まで持っているそうだ。ギエナの複雑な気持ちはいや増した。

「ほお！　エルフを妻にかい」

「主は種族に偏見がない、ヒュームの貴族にしては珍しい御方です。私もそこに惚《ほ》れてお仕えしているのですよ」

「ふーん、出来すぎな感じもするけどねぇ。そういやエルフはもう一人いたけどさ、あの子は姉妹なのかい？」

「は、はい。双子の姉です」

「ここに座ってないってことはあの子は婚約者じゃないいんだね」

シーラが何度も頷《うなず》く。緊張しているのか動作がぎこちない。

「耳長は二人いるけどさぁ、なぜそっちの娘さんを選んだんだい？」

イェルキバの言葉に、場がしんと静まり返る。

アンリの視線が左上に逃げて、シリウスが口元を押さえて咳《せき》をした。

「………」

「どっちでも良かったなんてぇ言わないよね？　そんなのぁ女として許せないさ」

「一生をともにする伴侶《はんりょ》です。もちろん、ええ——もちろん」

「聞きたいねぇ。若い子の話を聞くのがババアの唯一の楽しみなのさ」

「そのような。イェルキバ殿は若々しく美しいですよ」

「んでさ、なんでさ、なんでさ。聞かせておくれよ」

必死に話を逸《そ》らそうとしているが、中年女の口撃に若い男が勝てるわけがない。皆は目の前の料理をつまみながら楽しそうにしているが、アンリ一人が汗をかいている。

「シーラは心根が優しくて……周りに気を配れるいい子です。俺は彼女の人生を守って、彼女には俺を支えてもらいたいと、思ったからです……」

絞り出すような答え。気恥ずかしそうにアンリが観念して答える。

シーラの耳がほんのりと赤くなり、シリウスは笑いを押し殺していた。

「いいねえ、私の旦那《だんな》もよく支えてくれるいい男だよ。腕っぷしは足りてるからさ、頭の方で選んだんだけどね」

ははははと大笑したせいか、場の雰囲気が和やかになる。

イェルキバは口撃の矛を収めるのかと思いきや、シリウスの方に膝《ひざ》を向ける。

「シリウスはどうすんだい？　いつまでも操を立ててないで、うちの誰それと身を固めないかい？」

「いえ、結構です。フルドの世話を見ないといけませんので」

「相変わらず堅物だねぇ。じゃあ好条件を出してやるよ。うちの娘……どちらかといっぺん会ってみないかい？」

「え………？」

シリウスの顔色が悲惨なまでに悪くなる。ハイレイブンの二姉妹は〝麗しき悪魔〟と呼ばれる最悪の結婚相手だ。弟であるギエナは苦い思い出しかない。

勧められたシリウスには心底同情するギエナだが、早く嫁入りして村から出ていって欲しいのも本心である。

「いい話じゃないか。シリウスなら卵を温めるのも得意そうだし」

「風渡氏族《ハイレイブン》は卵生ではありません！　無礼ですよ、主ぃ！」

二人のやり取りにイェルキバは愉快と笑う。

（そもそもオスは卵を温めねェだろ……アホなのか、こいつら……？）

ギエナは羊の骨付き肉を齧《かじ》る。香ばしくて得も言われぬ美味《うま》さで、野菜を溶かしたようなスープは食べたことのない味わいだった。

文化面で風渡氏族《ハイレイブン》は完全に負けている。軍事面ではまだ一日の長があるが、あのゴーレムを考えると楽に攻め落とせる相手ではない。

「ははは！　それと魔術の師匠になって欲しいって話さね、確かサレハって言ったか。後で顔合わせといこうかね」

「助かります。とても才能がある子なんですが、魔術は使ったことがないんです」

「未経験なのに才能があるねぇ、アンリ殿がそう言うならそうなんだろう。会うのが楽しみだよ」

ギエナに魔術の才はない。剣も上手《うま》く振るえない。

手先は器用だが、それでは英雄にはなれない。

この村と風渡氏族《ハイレイブン》で交易を始める。それは既定戦略だった。互いに距離を測り、必要とあれば、可能であれば攻め滅ぼす。そうイェルキバはギエナに語っている。

蒸した芋があったので口中に放り込む。口の中でとろける感触はチーズで、これの品質は普通だ。だが芋にエグみや渋みは一切なく、高級品を食べ慣れたギエナにとっても、信じられないほどに芳醇《ほうじゅん》で甘い。大地のマナを多く含んでいるのか、食べているだけで生気が漲《みなぎ》るようであった。

どういった交易経路があれば、ここまでの品を揃えられるのか。

この村は見た目以上の力を秘めていると、ギエナは確信した。

（……うめェな。この果物のよく分からんやつ……）

リンゴを甘く煮たデザートを頬張りながら、ギエナは劣等種に妬《ねた》んでいる己を自嘲《じちょう》していた。

第10話　青空の下で

Expulsion prince of out-of-skill, infinite growth in a mysterious dungeon

風渡氏族《ハイレイブン》との顔合わせも終われば、時刻は昼過ぎとなっている。

続きは夜にし、一度休憩を取ろうというシリウスの提案を受けた俺たちは、家から出て新鮮な空気を吸う。

イェルキバという氏族長はどうやらお節介焼きらしく、シリウスは何度も縁談を勧められていた。俺が独身で婚約者も本当はいないのだと知られていたら、口撃の矛先は俺に向いていただろう。

「それでは……狩りと周辺防衛の指揮に戻ります……」

げっそりとした様子のシリウスが防壁へ向かう。

北の山では魔物同士の縄張り争いが激しく、たまに逃げてきた魔物がこちらまで来ることがある。それらを討滅するには引きつけてから魔術弩砲《マギア・バリスタ》で撃つのが楽なのだが、魔物の誘導はシリウスのような熟練した狩人《かりゅうど》でないとできない。

「ギエナ殿をお頼み申します。とても気難しい子ですが、主なら気が合うかと」

シリウスが振り向き、苦笑いでそう言った。

「なぜ俺と気が合うと？」

「話せば分かります」

「言葉にしないと伝わらない思いがあると、トールが言ってた」

「先入観があるまま、あの子を見て欲しくないのです」

ギエナ・ハイレイブン――彼は風渡氏族《ハイレイブン》では〝出涸《でが》らし〟だの〝絞りカス〟だのと揶揄《やゆ》されているらしい。優秀な姉二人の下で育ち、才を見つけられず、それを育てることも叶《かな》わなかったと。

今は一人防壁の上に腰を下ろしている。護衛の戦士たちは遠巻きにしており、上手く声がかけられないでいた。

後ろから人の気配がしたので振り向くと、申し訳無さそうなシーラがいた。

「……あのぅ、お皿片付けようとしたんですけど……周りの人がしちゃいけないって……お兄さんからもお願いしてくれませんか……」

「すまん、偽装婚約に付き合わせたせいだ。今は我慢してくれ」

「我慢だなんて、違うんです。私は只《ただ》のへっぽこ錬金術師なのに申し訳なくて」

皆がシーラを尊敬し始めているのはいい傾向だ。俺に何かあってもきちんと役割があればこの村で生きていける。シーラの恩寵《おんちょう》度はダンジョン内で鍛えたので七になっており、単純な腕力では軍人並みと言えよう。

後はマナを含んだ食事による育成を進めれば、シーラ一人でトロールを制するくらいには強くなれそうだ。

「あの……お姉ちゃん、街から帰ってきてから元気がないんです。聞いてもはぐらかされて……お兄さんはなにか聞いていませんか？」

「俺と別行動していたんだ。もしかしたらエルフだと誰かにバレて、差別されたのかもしれない」

トールの身体能力だとゴロツキ程度なら軽くあしらえる。

しかし俺が王族だと知られたくないから、商人と話す場所から遠ざけてしまった。空白の時間にもしかすると心が傷つく何かがなかったとは言えない。

王国ではエルフは牛馬と同じ扱いだ。誰かがエルフを害しても〝持ち主〟に賠償金を払えば罪にさえ問われない。

ふざけた悪法だと思う。種の浄化を謳《うた》う非現実的な政策は、諸国からの猛烈な反発を招いている。王国の国力が落ちれば諸国は包囲連合を組み、ボースハイトの首を王城に晒《さら》すべく一致団結するはず。

「分からない。俺から聞いてみようか？」

「いいえ……止めましょう。無理に聞いちゃうと意固地になっちゃうので、話してくれるまで待ってみます」

「そうだな。それがいいと、俺も思う」

悩みがあればなんとかしてやりたいが、今はシーラを信じて待つとする他ない。無理をしてトールを傷つけるのであれば本末転倒だ。

「ん？」

領民──若い女性がこちらを見てヒソヒソと噂話をしている。

昔によく見た誰かを貶《おとし》める為の井戸端会議ではなさそうで、井戸がないから井戸端でもない。俺が視線を向けるとギョッとした顔をしてわざとらしく普通の会話をし始めた。

「お兄さんってすごくモテてるみたいですよ」

「見る目がない。シリウスの方が格好いいと思うが」

「……そんなことないです。それと……気になる人ができたら教えてくださいね」

その時は婚約を破棄しますから──とシーラがはにかむ。

風が吹き、金糸のような細くて綺麗《きれい》な髪が揺れる。その時なぜだかは分からないが、自分が遠いところに来たんだな、とようやく思えた。

　踏む土草の感触が、乾燥した心地よい気候が実感を持って受け入れられる。まだまだ問題は山積みだが、もしかすると俺の中で人心地ついたのかもしれない。

「シーラも結婚したいと思える人ができたら教えてくれ。村の皆で祝うよ」

「お兄さんがお爺《じい》ちゃんになるまでには、ご報告しますね」

「ああ。反対するトールを宥《なだ》めるのが大変そうだから、俺も手伝う」

　村はさぞ荒れるだろう。きっとトールは魔導銃を両手に持って激高し、シリウスが頭を痛めつつ仲裁する。戦士たちは喧嘩《けんか》を囃《はや》し立てるが――俺はどうするのだろうか？

「伴侶《はんりょ》に求める条件――私たちは聞かれましたけど、お兄さんはまだでしたね」

「そうだな……子供を大切にしてくれる人がいいな」

　防壁の上のギエナを二人で眺める。

　子供の頃の自分と彼が被ってしまう。不満が胸の中で爆発しそうになっていて、それを解決する力のない自分に苛立《いらだ》つのだろう。

「それじゃあお兄さんはどうなっちゃうんです？　奥さんにほったらかしにされたら寂しいですよぅ」

「風が強いな。体が冷えるから家の中に入った方がいい」

「ごまかすの下手ですよね、お兄さん」

シーラが防壁を見上げて、困り顔をした。

迷い多き少年ギエナに話しかけるべきか迷っているらしい。

「ギエナさんも……ですね。話し合いの間もずっと怖い顔してました。お兄さんをたまに睨《にら》んでいましたけど、何かあったんでしょうか」

「彼の中には不満が蟠《わだかま》っている。今は絶対に話しかけてはいけない」

「そうなんですか……？　寂しいのなら慰めてあげた方がいいのでは……」

「訳知り顔の大人に慰められるのは嫌なんだ。片手間に助けられるのが、本当に嫌で嫌で──きっと彼は突っぱねてしまう。そんな子供っぽい不器用さが寝る時になって自己嫌悪になって……あれは本当に辛《つら》いから」

恐らくギエナはなんで自分がここに連れてこられたかが分からなくて悩んでいる。優秀な姉と比べられる劣等感だろうか。もしかすると異種族が治めるここの風景が気に食わないとすら思っているかもしれない。

「しばらく放っておいてこちらが楽しそうにしているところを見せつける。興味を持って遠巻きに近づいてきたら──そこを捕まえるんだ。フルドがいたらいいな、あの手の少年は純粋な少女の笑顔を邪険にはできないさ」

「急に具体的な手段……男の子の気持ちは分からないので、お兄さんにお任せします」

「ああ」

「ギエナさんだけじゃなくて、サレハさんも気にしてあげてくださいね」

サレハは今頃イェルキバさんに魔術を教えてもらっている。授業料の代わりに塩交易の代金を割り引く契約も既に結んでいるし、俺の出る幕はない。

顔を出せばサレハは喜ぶだろうか。不安だが後で見に行こう。

「それはそうと……前に言っていたあの件、始めてみるか」

「私はすごく嬉《うれ》しいですけど……負担が大きすぎませんか？　領主にダンジョン攻略に、街に買い物に行けるのもお兄さんだけで、このままだと倒れちゃいますよ」

「今はやることが増えて楽しいんだ」

食料問題に周辺との外交と問題は山積しているが、一つずつ問題を潰《つぶ》していくのが楽しいし、役割があることが嬉しい。

村には夫婦が何組もいるが――どの家も子供を作るのをためらっているそうだ。生まれても育てられるかが不安で、旦那《だんな》や奥さんが尻込《しりご》みしてしまっていると。

これは俺の不徳のいたすところ。シーラや皆が安心して暮らせるように、もっと豊かな村にしていきたい。

そして——いつか余裕ができれば俺用の魔術弩砲《マギア・バリスタ》も一門貰《もら》うのも許されるはずだ……あれは格好が良い。目の前に立ちふさがる壁をぶち壊す兵器は見ているだけで心が躍る。

「私もお側でお手伝いします」

シーラが胸を張って宣言する。

日々の何でもない話をしながら、二人で村の外れの方に向かって歩き出した。


余った金で買った最後の品は石盤とろう石のペンだ。石盤は商人がメモ書きに使うもので、木枠の中に平たく切り出した岩が嵌《は》まっている。ろう石を滑らせれば文字が書き込めて、濡《ぬ》らした布で拭《ふ》けば元通りになる。

「フルドさんが来ましたよ」

尻尾《しっぽ》を揺らしながらフルドが嬉しそうに駆けてくる。

「領主さまー、シーラお姉ちゃーんっ!!」

見ているこちらが元気になるようだ。シーラも喜色満面でフルドを迎え入れ、フルドは石盤が珍しいのか目を輝かせていた。

ことの始まりはシーラへの個人授業だった。錬金工房で文字を教えているところをフルドが見て、とても羨《うらや》ましがっていたのを憶《おぼ》えている。

——フルドさんも自分でお手紙を書きたいのかも……。

シーラが月光の灯《あか》りで本を読みながら零《こぼ》した言葉。一人に教えるのも二人に教えるのもかかる労苦は変わらない。ならば青空教室でも開くか、となったのは自然の流れだった。

王宮にいた頃は俺付きの教師がいたものだ。子供が学ぶことは当然だと思っていたのだが、どうやら世間はそうでもないらしい。親の仕事を手伝ったり、槍《やり》や弓の扱いを練習したりと、学びの時間を取るのは贅沢《ぜいたく》の範疇《はんちゅう》に入る。

ああ、懐かしき俺付きの教師陣。派閥・出世闘争に負けて濡れた子犬のように意気消沈していた彼らは——とてもやる気がなかった。給金も下がったらしいから仕方ないのだが、教師のやる気のなさは生徒に絶対伝わる。あんな風にはなりたくない。

「それじゃあ授業を始めようか」

村の皆は座学を軽んじているが、こうやって幼いフルドが学ぶ姿を見れば、青空教室に入るものも増えるだろう。

「こうやって使うんですよ」

フルドがシーラから石盤を受け取り、ろう石の扱い方を教えられる。

ふんふんと頷《うなず》きながら一本の線を引き、布で拭き取る。また線を引いては消し——シーラに頭を撫《な》でられるフルドはとても嬉しそうだった。

「紙は貴重品だから石盤で練習しようか。今日は自分の名前を書けるところまで行こう」

「うぃっ！」

石盤は数枚あるのでそのうちの一つに手本を書く。

「フ、ル、ド――と。よし、真似してみよう」

「ふー、るー、どー」

「上手《うま》いぞ。フルドは天才かもしれないな」

書いては消してを十度繰り返す。

次に手本を見ずに書かせるが――フルドの手が途中で止まってしまう。

また手本を見せて五度書かせて、体に染み込ませるようにして覚えさせる。

「俺が村にいない時はシーラに代理教師を頼んでいいか？」

「私で良いんですか？」

「優しい教師の方が生徒も喜ぶからな。後は本を読んで語彙《ごい》を増やしていけば、シーラもきちんと務められるだろう」

これでシーラの役割がまた一つ増えて、村での地位が上がる。それは俺の望むところであり、有事においてシーラが身を守る為に必要でもある。

「少し試験をしようか。俺が言うのを書いてみてくれ」

「簡単めでお願いしますね」

「では聖典の引用を――はじまりの時、大地には渾沌《こんとん》のみがあった。マナの真月から御神イールヴァ・カティエルと精霊が生まれたが、淵《ふち》からは魔物も生まれた」

「――生まれた、と。できました」

司祭から聞かされる聖典ならシーラにも馴染《なじ》み深く、書物の練習に適している。

「御神は月が十度落ち、日が同じ数だけ立ち上がるまで魔物の災禍に嘆かれた。そして偽月を土からこねて造られ、空に放した。偽月からは鍛冶《かじ》と戦争を司《つかさど》る従神ゴルディア・オースドース、錬金術と出産を司る従神ラロウズ・アルクリティウスが生まれ、二人は夫婦《めおと》となった」

非常に長い為ゆっくりとシーラに伝える。所々虫食いがありながらもシーラは聖典の引用を石盤に書き留めている。

「しかし魔物は絶えず、二人の従神は争いを始めた。鍛冶の神は大地を穿《うが》ち、錬金術の神は聖なる森に姿を隠した。御神は嘆き、手慰みに人間を造られた。ドワーフは穿たれた大穴に、エルフは聖なる森に入り、神々の恩寵《おんちょう》を受け取った」

エルフとドワーフは原初の二種族であり、寿命が長いのも神々に気に入られているからだと言われている。

「多くの従神が生まれ、先達《せんだつ》の二人に倣った。狩りと美を司る従神は獣人と亜人を草原に解き放ち、死を司る従神は吸血鬼を愛し、城を与えた——と。ここらあたりが俺たちの住んでいる国に関係する聖典だ」

「ヒュームだけがどの神様に造られたのか、書いてないんですよね」

「神々に見放された種族だと言われている。大きな罪を犯したとか……聖典には何があったかは書いてないな」

フルドの石盤を横から覗《のぞ》き見る。よれよれではあるが、一生懸命書いたことが伝わる良い字だった。文字を書けるようになったら次は初等算学を教えたいところだ。

「お兄さん……あちらに……」

シーラの見ている方から足音が聞こえる。聞くだけで不機嫌と分かるそれだ。

「牙《きば》と爪の一族が、ヒュームに教えを乞《こ》うのか？」

ギエナの不貞腐《ふてくさ》れた顔が目に入る。あちらから来てくれるとは好都合だ。

それにこの世界全てを恨んでいるような腐った目は……なんて親近感を覚えさせてくれるのか。思わず構いたくなってしまう。

「お前の魂胆は分かっている。ヒュームのうさんくさい宗教を広め、オレたちを侵略する取っ掛かりにするつもりだろう」

「精霊信仰も拝月教も源流は一緒じゃないか。比較して見識を広める為に、俺は教えるつもりだよ」

「詭弁《きべん》を抜かすのか。ヒュームの詐欺師には騙《だま》されないぞ」

確かに文化侵略感は否めなかった。次からは精霊信仰にまつわる小話を混ぜ込むとしよう。こうして色んな意見に触れ合えるのはありがたい限りだ。

「拝月教を広めすぎるとここが教区になってしまう。そうすると教区長が王国から派遣されて……収穫の一割を取られるから嫌だな」

これは本当に嫌だ。俺たちの収穫品には遺物が含まれている。それを一割持っていかれるなど大打撃……是非とも拝月教関係者は排除したい。

「ふんっ……」

「ギエナは偉いな。俺がなんで危ないか、きちんと学んでいる」

「ヒュームがオレを褒めるなッ！」

一瞬ギエナが喜んでいたのを、俺は決して見逃さなかった。

褒められたい。認められたい。そういった鬱屈《うつくつ》とした感情が澱《おり》のように積もり溜《た》まっている。瞳《ひとみ》を見れば分かると言うか、俺の少年時代にとても似ているから察せられる。

「領主さまをバカにするなっ！」

フルドは石盤を草原に優しく置いてから、両手を上げて吠《ほ》えた。

「何だ、女ァっ！」

「おんなですとー！　われはアルカラが娘フルドっ！　名をなのれーっ！」

「イェルキバが子、ハイレイブンのギエナッ!!」

マズい。家名を名乗る流れはぜひ避けたい。アルファルドが子、ボースハイトのアンリ
……などとは言えようものか。

ギエナも激高はしているが年下の女の子に摑《つか》みかかろうとはしていない。

有翼人種である彼には黒い立派な翼腕がある。天使の羽とは違う、ハーピーのような腕と翼が一体化しているそれだ。手羽先——いや手羽先は無礼だ。翼腕の先には羽に覆われた手があるので、弓も使えるし文字も書けるだろう。

「領主さま、フルドあのこきらい」

フルドが俺の背中によじ登り、ギエナに向かって舌を出した。

「仲良くしようギエナ。サレハは同い年だし友達になってあげて欲しいんだ」

「ヒュームは群れるしか能がない劣等種だ。肩を並べることはできない」

「まあ……そう言わずに授業に参加しないか？　面白い話もあるぞ」

「話を聞いているのか？　お前から学ぶことなど、ない」

何たる意固地さ――頭を撫でてやりたくなる。

俺はなんとも思っていないのだが、シーラは喧嘩《けんか》が始まるのかと焦っているし、フルドは「しゃーっ！」と猫のように威嚇していた。

「勝負するか。俺が負ければ何でも言うことを聞く。勝てば授業に参加してもらおう」

「お前と……勝負……」

負けてしまうと思ったのか、ギエナが下唇を噛《か》む。

「勝負内容は腕だけでするカセヤエ……イーメヤエだ。うちの村人は揉《も》め事をこれで解決することもあるとか」

血気盛んな若者が以前にやっていたのを憶えている。

組んだ腕同士を倒しあい、先に手の甲が床や地面についた方を負けとする勝負だ。

「…………」

「勝負相手はシーラだ」

「はあっ!?　女相手だとっ!?」

ギエナもそうだが一番驚いたのはシーラで、首をぐいっとこちらに動かし、無言で俺を非難してくる。

近くに酒樽《さかだる》があったので持ってきて、ドンと置く。中身が揺れる音を聞きながらシーラに目線を飛ばした。

「……姉は魅了の魔眼を持つ。オレが勝ったら領地に来てもらい、その濁った心の内を洗いざらい吐いて貰《もら》おうか。力量差があろうともなんとかする術《すべ》はあるんだぞ」

翼腕を酒樽に叩《たた》きつけるようにして、ギエナは準備を整えた。

その表情は悔しさが滲《にじ》み出していて、姉に頼る不甲斐《ふがい》なさが辛《つら》いと窺《うかが》える。

「なんで私なんですかぁっ！　負けちゃうに決まってますっ！」

シーラの大声。だが俺が出ても勝つに決まっているし、勝負にはならない。

俺のように捻《ひね》くれた子供は「汚い大人はどうせこう言うんだ」と面倒くさく拗《す》ねるものだから、あえて意表を突くことが勝ちの定石となる。

この十一年間、俺は捻くれに捻くれてきたのだ。ギエナの考えなど手に取るように分かる。だが、分かられていると分かられてしまうと、それもまたギエナの機嫌を損ねてしまうのが難しいところだ。

「シーラお姉ちゃん、がんばってっ！」

フルドの声援を受けつつ、シーラが酒樽に右腕を置く。

「う、うん。がんばります……」

わけが分からないと嘆くシーラをよそに、フルドが右手を上げる。ギエナの眼光が猛禽《もうきん》類《るい》じみたものに変わり、シーラのそれは捕食される寸前の哺乳類《ほにゅうるい》のようだった。

「しょうぶっ！」

シーラが目を瞑《つむ》り、懸命に力を込める。

するとギエナの腕がぐるりと回り、体勢を崩して倒れ込む。

勝負は一瞬で終わり、驚くシーラをよそにフルドが俺の背で大喜びした。

「な、なぜだっ！　なんでオレが……こんなに簡単に……！」

答えは恩寵度の差。ダンジョンで魔物を倒したシーラと、氏族長の息子として戦いから遠ざけられてきたギエナでは……体内に蓄えられたマナの総量が全く違う。

「ギエナ……俺も子供の頃は力に憧《あこが》れていた……」

「くそっ……！　何が言いたいんだよっ⁉」

「とある経緯で力を手に入れ、俺は悟ったんだ」

トゥーラから貰ったマナの力。魔術の才はないけれど、腕力には自信がある。

「力は無意味……ということでしょうか？」

シーラが尋ねてくる。なるほど……そう言えば含蓄に満ちた教えとなりそうだ。

ギエナが歯を噛《か》み締《し》めて、俺の答えを待っている。そうだ俺の答えは――

「いや……魔力に比べると腕力ってそこまで価値がないなって」

「何が言いてえんだよっ！　やっぱバカにしてんだろっ！」

「軍事の話は好きか？」

「……まあ、嫌いじゃ……ない」

ごにょごにょとしているギエナは「英雄が」と言いかけて止めた。

「王国軍が大陸最強なのはなぜだと思う」

「軍団制を採用しているから……」

「敵陣を見通し制空権を確保する竜騎兵にグリフォン空騎兵、地上では馬騎兵が攻めの要《かなめ》だな。他にも守りに長《た》けた重装歩兵がいれば後方から敵を撃つ砲兵と魔術兵もまた強い。俺の国の軍は英雄が要らない軍なんだ。それぞれの個性を理解し、軍団という型に嵌《は》めているから……どこでも一定の力を発揮できる」

うちは内陸国なので海では弱いのは秘密だ。

「風渡氏族《ハイレイブン》は……空では負けない」

「空ではな。まあ……何が言いたいかってのは、個性を活《い》かして戦うのが軍隊でも、人生でも大事なんだと思う。ギエナも姉とは違う個性があるんじゃないか？」

「ねェよ……んなもん……」

姉と比べられすぎて負け癖が付いている。それがギエナに抱いた印象だが、解消するのは難しく、あるなら俺が教えて欲しいくらいだ。

「明日はサレハの魔術訓練を見に行く。ギエナも来てくれたら嬉《うれ》しい」

「オレは勝負に負けた。約束は誇りにかけて守る」

ギエナが舌打ちをしてから去っていく。後ろ姿はなんとも寂しげであった。

第11話　魔術

約束の日——サレハの魔術訓練を見に行く。

早朝、防壁外ではサレハとイェルキバさんが並んで立っている。

邪魔をしてはいけないので防壁の高みから見下ろす形であり、時たま吹く風は春だというのに若干の冷たさを含んでいた。

「フルドは魔術師になってみたいか？」

「ううん。ふたつ名がある戦士になりたい」

「そうだったな。けれど強い戦士の伝説には一緒に戦う魔術師がいるものだ。今日はサレハの訓練を見てみようか」

「うぃー」

我が青空学校の生徒は今は三人。他の子供も自発的に参加したいと言ってくれれば、参加させる腹づもりだ。強制される学びは身につかないと、誰かが言っていた。

「あの女男の魂の起源が何なのかによるな」と不承不承に言うのはギエナ。

「炎とか氷とかでしょうか」と一般的な魂の起源を挙げるのはシーラだった。

起源魔術――型あるいは得意魔術。言い方は流派によって異なるが、どれも意味は同じである。魂の起源と等しい魔術系統は習熟も簡単とされているから、どの魔術師もまずは自分の起源を調べて、その系統の魔術を覚えることから始めるもの。

起源がそもそもない者も多く、魔術が才能由来と言われる所以《ゆえん》はここにある。

「昔から言われていたんだが、父や母がどんな人生を歩んできたか、また本人がどんな風に幼少時代を過ごしたかで起源は変わるものなんだ」

「迷信じゃねェのか？」

「近年では戦災孤児は火の起源を持つものが多いという研究結果があった。心の根幹を揺るがす出来事が魂に影響を与えると、学術的に証明されている」

イエルキバさんがサレハの背中に手を当てて、精神を集中させている。ああやってサレハの体内魔力に干渉して魔術を撃つ手助けをしているのだろう。一流魔術師でないとできない芸当だ。

「お前の国は戦災孤児が多いもんな」

「そうだな……俺の領地では一人も出したくないよ」

「ふん……口ではなんとでも言える」

いつにも増して口撃が激しいのはサレハに対する嫉妬《しっと》だろうか。貴族でも魔術の才がない者は劣等感に苛《さいな》まれるもので、獣人であってもそれは変わらないだろう。

「うんこ。うんこギエナ」

フルドが頬を膨らませ、小気味良い暴言を吐いた。

「誰がうんこだッ！　このチビ助がッ！」

「きらいー、お前、きらいー」

うんこギエナの気持ちは……よく分かる。魔術担当の教師が俺に見せた蔑《さげす》む視線は、今でも忘れられない。

「サレハだってまだ魔術の訓練を始めて二日目。どんな人間だってコツコツ努力して個性を伸ばすものだ」

「また個性の話かよ」

昨日はダンジョンにも潜れないものだから、一日中ギエナを尾行していた。

彼は一人寂しく防壁の上で黄昏《たそが》れ、たまにオルザグ山脈を見つめてはため息をついていた。心配げに「若」と彼を呼ぶ戦士たちと心を通わせている様子はなく、いつも一人である。

だが――ナイフで木彫り細工をしている時は真剣そのものだった。手のひらに載るほどの木片から精巧な鳥を彫っていたのだが、腕前は見事の一言。

「暴発したか……やはり難しいな」

サレハが火の魔術を撃とうとしたが――魔力を上手《うま》く術式に落とし込めずに不発に終わる。イェルキバさんはこちらまで聞こえる大声で笑い「気にすんじゃあないさ」と言った。

「明日も、明後日《あさって》も、ああやって頑張るんだろうな」

「あいつは才能があるんだろ、どうせすぐに……」

「そうではない。優雅に泳いで見える白鳥も、水の中では足掻《あが》いているもの」

「オレだって努力したさ。だけど、どんだけやっても魔術なんて使えなかった」

奥歯が砕けそうなほど、歯を噛《か》み締めている。

俺はサレハを指差し――皆の視線を集めた。

「俺も五年間、魔術を練習したが……何一つ成果はなかった」

「お前もそうだったのか。そうか……」

「……ああ、良ければ俺と一緒に得意を伸ばさないか？　ああやって泥臭く努力するサレハのように――」

「お、おいアレを見ろよっ！」

「マジですか」

サレハの前に紫色の魔力球が出現する。周囲の空気を震わすような——莫大《ばくだい》なマナの奔流は恐ろしいほどで、イェルキバさんが大口を開けて呆《ほう》けていた。

今の流れで成功されては困るのに。ああサレハ、俺の弟よ。なぜ……今……。

「んだよアレ……才能の塊かよ……」

「いや待て……イェルキバさんが死ぬほど慌てている……」

魔力球はバチバチと紫電を放ち、制御が利かないのか不規則に動いている。イェルキバさんはサレハを抱え、宙高く飛ぶ。本当に危険だと判断したのだ。

——サレハ、あんたの起源は〝消滅〟だ。すごく珍しいよ！

イェルキバさんが嬉しそうに大声で言う。

魔力球は地に落ち、周りの大地を抉《えぐ》り取る。草は強風に吹かれたように倒れて、紫電の輝きは目を灼《や》かんばかりだ。

「どんな家庭環境で育てばあんな起源を手にできるんだよ……」

「苦労したから」

サレハの母君の国は一都市がまるごと焦土と化している。悲惨なまでの記憶がサレハに強い影響を与えた。

「あれは破壊系統の発展型だけど、使いこなすやつなんて聞いたことねェな」

「制御は難しいか」

「……イエルキバさんの補助があっても難しいみたいだ」

「それでも……凄《すげ》ェよ……ありえねェ……」

これでは……これでは、俺と一緒に得意を伸ばす作戦が頓挫《とんざ》してしまう。

確かにサレハは能力《スキル》により、体質がヒュームと言うより精霊に近い。髪の毛一本から手足の先に至るまで、体の全てが魔力と同調しきっている。

だが――これほどまでに早く才能が開花するとは予想外だ。

あれ程の差を見せつけられたギエナの心境たるや、想像するだに忍びない。

「消えた、か」

魔力球が消滅し、隕石《いんせき》跡のような穴が残された。

悪いことは続くようで、サレハを抱えたイエルキバさんが大口を開ける。

――あんたは起源が二つあるみたいさね。すごいよこりゃあっ！

イエルキバさんの喜びようはすごいものであり、それを仰ぎ見るギエナの目尻《めじり》には涙が薄っすらと滲《にじ》んでいた。

「やっぱり、この世界は才能が全てなんだな。よーく、分かったよ」

「お前だってそうだっ！　生まれた時から全部持ってるやつに、オレは……！」

「違う……ギエナ……違うぞ」

夜の闇を煮溶かしたような瞳《ひとみ》が、危うい光を放つ。

踵《きびす》を返すギエナを追うべきか——だが今はどんな言葉も届くまい。

一日は時間を置いてから話すべきだ。少なくとも今ではない。

「……もういい。もう……どうでもいい」

イェルキバさんの視線から逃げるようにして、ギエナが走っていった。護衛の戦士も慌てて付いていく。

「あらら、拗《す》ねちゃったかい」

イェルキバさんが防壁に降り立ち、頬を掻《か》いた。初めて空を飛んだであろうサレハもよろめきながら着地する。

「気にすることはないさね。子供の癇癪《かんしゃく》に付き合ってたら身がもたないよ」

「申し訳ありません。要《い》らぬお節介をして、あの子を傷つけてしまった」

「うちの男衆もどうにかしようとしたんだけどさ、全滅だったよ。強い魔眼を持たせて生んでやれば良かったんだけどねぇ。うちは女の方が強く生まれてきやすいから」

「あの子は手先が器用なんですよ。そこを伸ばして自信をつけさせてあげたかった」

イェルキバさんが驚いた顔をする。どうやら知らなかったようである。

ギエナも彫り細工をする時は人目を気にしていた。周りに軟弱だと思われたくないから、隠していたのだろう。

「ありがとうね」

「それにあの子は視野が広い。ギエナが俺を敵視するのは……本当は正しいはずなんです。ヒュームの国から来た貴族など、危険なのですから」

「私もそこを伸ばしてやりたかったんだけどねぇ……」

はあ、と母親のため息。周りの心配げな視線を浴びて、イェルキバさんが気まずい顔をした。

「ドワーフの技師に弟子入りさせるよ。しばらくは姉から遠ざけて、あの子の才能を伸ばしてみるさね」

それで良かったのだろうか。

一度逃げてしまうと、次も逃げてしまうのでは。

「地底暮らしですか。翼ある民にそれは……」

「……そっちに慣れたらウチには帰ってこないかもね……」

フルドが心配そうに俺とイェルキバさんの顔を交互に見ていた。

「ああそう、それとサレハの起源だけどアレは危険すぎるから、いっぱしの魔術師になるまではもう一つの起源を伸ばした方がいいねぇ。魂の深いところに関係しているみたいで、今日は引き出せなかったけどさ」

「感謝します。今日はお疲れでしょうから休んでください。ギエナが戻ってくるまでしばらくかかるでしょうから」

それと——と前置きしてから歴戦の氏族長に相対する。

「俺にもう一度機会を。ギエナには授業をすると約束したのです」

「滞在は三日間。好きにしておくれよ。けどねアンリ殿、よその子を気にしてばっかりいると足元を見失っちゃうものさ。私が言えた義理じゃないけどさ」

イェルキバさんの背に隠れていたサレハがこちらを覗《のぞ》き見る。

目線は下に向きがちで、こちらも不貞腐《ふてくさ》れたように唇を尖《とが》らせている。

なぜ怒っているのかと疑問は尽きず、首を傾げているとシーラが耳打ちしてきた。

(拗ねているんですよ)

(なぜ……？)

(わ、分からないんですか……？　本当に……？)

何も分からない。

フルドがいつものように俺の背に登り、頰を優しく抓《つね》ってきた。

これの意図も分からない。俺はなぜ少女に叱責されているのか。

（あのですね。ギエナさんに構ってばっかりだから、拗ねちゃったんです）

（そうなのか？）

（そうなのです……なんでそこは疎いんですか……）

シーラに背中を押されて一歩前に。

サレハもイェルキバさんに背中をバンと叩《たた》かれ、こちらに歩み寄る。

「…………」

「…………………………」

「お母様の形見を手放されたと……トールさんから聞きました……」

「色々とあってな」

「兄様……これ、押し花です」

サレハの手のひらに載っているのは栞《しおり》。淡い緑地の厚紙に、黄色の花が押されている。

かつて過ごした離れで育てていた花——髪飾《バレッタ》りに象《かたど》られた花と同じもの。

「これは……マリーの花、か」

それは母上と同じ名を冠している。平野部で咲く黄色い花だが、この草原で探すのは骨が折れるだろう。北の方まで足を運んで探してくれたに違いない。

「変わりにはならないですけど、受け取ってもらえると嬉《うれ》しいです」

「嬉しいよ。大切にする」

生活に余裕ができたら本を買って、押し花の栞を使ってみよう。シーラにもよく自愛が足りないと心配されるから、自分の為に金を使えば安心してもらえるかもしれない。

「僕も兄様と同じ場所で頑張れるよう、イェルキバ様の補助がなくても魔術が使えるようになります」

ダンジョンで一緒に戦いたいと、暗に告げられた。

「俺は甘くないぞ。きっと苦労する」

「承知の上です。たとえ炎に灼かれようとも、幾千の刃《やいば》に貫かれようと――兄様のお側で戦ってみせます」

覚悟が重くないだろうか？　なんで俺を慕うのかが……とんと分からない。

「サレハも授業に参加してみないか。生徒が増えれば村の子供たちも興味を持ってくれるかもと思ってな」

「はい！　これからも……よろしくおねがいします！」

マリーの花言葉は不変の愛、健康な体。

フォレスティエ家の祖父母に会ったことはないが、思いを込めて名付けをしたとよく分かる。

「俺が帰ってきてから日が浅い。これは魔術を使って押し花を作ったのか」

「火の基本魔術で乾燥を速めてもらったんです」

花言葉は良い意味と悪い意味を併せ持つ。名付けでは無視されることも多い後者の意味は、確か……〝絶望〟であっただろうか。

第12話　輸出品

Expulsion prince of out-of-skill, infinite growth in a mysterious dungeon

錬金工房はいつもより薬品の臭いが濃く、机の上に石鹸《せっけん》を並べるシーラの表情は真剣そのものである。

「石鹸を作ってみたので、見てもらえませんか？」

とシーラに言われやってきたが、ギエナとの喧嘩《けんか》別《わか》れが気になってしまい、どうも集中できない。

今日が風渡氏族《ハイレイブン》が領地に帰る日となるのだ。

ギエナは誰とも話そうとせず、イェルキバさん曰《いわ》く「いつものことさね」である。足らぬ頭で考えてはいるが、ギエナに伝えるべき教えが思い浮かばない。

「どうでしょうか……？」

強い臭いが出る煮詰め作業だけは外でして、他の作業は錬金工房でしていたようだ。石鹸製造法はあいにくと古代錬金術の本には載っておらず、シーラの薬師としての知識に頼る他ない。

「できれば……貴族としての厳しい意見が欲しいです。今後の参考にします」

「分かった。貴族のご婦人様に売れるかどうか、それくらいの気持ちで見てみる」

上質な石鹸に必須《ひっす》となるオリーブ油は南の方で採れるもので、残念ながら妖精《ようせい》の大樹集落の中では育てていなかった。

「羊脂と木灰で作ってみたんです。動物から作るのは初めてなんですけど……どうでしょうか？」

「見た目は真っ白だな。羊で作るとこうなるのか……」

押し固められた石鹸は硬く、手触りは上質とは言いがたい。泡立ちも弱く……注意深く嗅《か》ぐと獣臭さが感じ取れた。

俺の基準となると王宮で使っていたものとの比較になる。国家の宝たる宮廷錬金術師に十四歳の少女が挑むのは、些《いささ》か早計と言わざるを得ない。

「私の村ではこれくらいの品質が普通でした」

「うん。すごくいい出来だ。村の皆も喜ぶだろうな」

「お兄さんって嘘をつくの下手ですよね……お気持ちは嬉しいんですけど、本音でお願いします」

本音……これでは貴族相手には売れない。

材料の質で負けていて、王宮の秘匿された製法には及んでいない。しかし作り手の情熱は負けていないと思うのだが……。

「平民が使う一般品としてなら売れると思う。街の物価はそこまで詳しくないが……たぶん一個当たり十ルウナくらいで売れるんじゃないか？」

王都には大規模な石鹸工場がある為、普通のものでは競合して売値は下がる。高級品志向で行こうとしても、貴族たちは宮廷印の石鹸を好んで使うだろう。

「昼食二回分ですね……お酒を付けたら足りないくらい……」

「輸送費はゴーレムを使えば無料だ。そこが俺たちの強みだな。産業を立ち上げるとなると人件費を払わねばならんな。羊脂や魔物脂を採る者、商人と交渉する者、建物の管理にも人が必要だし……賄えるほどの収益を出せるか……」

狩猟採集生活なら税や給金の存在をそれとなくごまかせるのだが……農業・産業が始まるとそういうわけにもいかない。これはこれで……軋轢《あつれき》が出そうで怖い。

「むぅ……け、計算が……できません。次の授業で算学をお願いしてもいいですか？」

「ああ、それと工場長の人件費だ。相場を考えると最低でも月収五千ルウナくらいか」

高品質な石鹸を作り出せるとなると、シーラにこの倍は出さないといけない。塩交易の相手先が増えない限りは払えそうにないが。

「へー、職人さんってすごい高給取りなんですね」

未来の工場長であるシーラが他人事《ひとごと》のように遠い目をした。

自分は無給で働くと思っているのだろうか？

「あっ！　オレンジのチップを入れれば香りが良くなるかもですね！」

「それは良《い》い。正式採用にするのだったら交易量を増やせないか交渉しておく」

「それと……それと不純物の排除です！」

「排除……」

錬金術絡みとなると、シーラは物言いがやや活発になる。なぜだろうか……ポーション瓶を頬に押し付けられた、あの冷たい感触を思い出してしまった。

「後は分留と遠心力分離と組成分解とかで……とにかく、総当たりして製法を変えてみますね。器具はここにあるものでいけますし、追加の予算はなしで大丈夫です」

「製法が確立できたら香油も作れそうだな。高く売れるぞ」

「それも楽しそうですねぇ」

明日の話を楽しんでできる日が来るとは、夢にも思わなかった。

こうして不釣り合いな幸福を甘受すると、どうしても涙を浮かべていたギエナが思い浮かぶ。彼も居場所さえあれば、才さえ活《い》かせられる環境さえあれば、ああして昔の俺のように荒れる必要はないのに。

「ん、なんの音だ？」

錬金道具の選定を始めるシーラもビクリと震え「今、なにか音がしませんでしたか？」と幽霊でも出たかのように怯《おび》えている。

——ガタガタ、と揺れる音だ。粘り気のある殺気を首筋に感じた。

泥棒のわけがない。確かにここには古代錬金術の精髄が詰まっているが、うちの戦士が見回っている中、盗みに入ろうとする愚か者はいないであろう。

「お姉ちゃんっ！　なにしているのっ！」

叫ぶシーラの先にはトールがいた。窓から顔半分を覗《のぞ》かせるようにして、俺たちをジッと見つめている。

トールはガラス窓を持ち上げて半身を滑り込ませた。

「あー、よっこいしょっと」

ぬるり——そう形容すべき動きで怪異が侵入してくる。頭から床に落ちると思いきや、くるりと器用に一回転。怪我もなく立ち上がり、椅子に座るトールである。

「魔導銃を綺麗《きれい》にしてたら何かを差し込む穴を見つけたの。相談しよっかなーって来たらさ、すごく楽しそうで入れなかった」

「気になるな。銃の技師に見てもらって分析できれば良いんだが」

「油の差し込み口かと思ったけど……違うみたい」

「そこは……普通の銃なら弾を入れる場所だな」

「うん、調べとく。それと捕まえた火の精霊は風渡氏族《ハイレイブン》の人に頼んで空に放してもらったよ」

精霊は好む場所に自分で移動するもの。火山に向かうか地底に向かうかは分からないが、これで村人の信仰心を傷つけなくて済んだ。謀反の可能性も幾分減っただろう。

それと……落ち込んでいると聞かされていたトールだが、そうでもないように思える。

「……石鹸に治癒ポーションを混ぜたら、どうなるのかな？」

シーラから石鹸を手渡されたトールが、画期的な考えを口にした。

「実際、どうなるんだ？」

「髪と肌が荒れていたら……治りますね。ポーションの材料が問題ですけど……すごく高く売れる石鹸になりそうです」

「石鹸から古代錬金術の存在を感づかれたくない。聖国や王国に出回れば分析されて大問題になるな」

両国は技術水準が高く、国家としての諜報網《ちょうほう》も優れている。古代錬金術の存在を嗅《か》ぎつければ、シーラを誘拐し、拷問してでも製法を引き出そうとするに違いない。

「ものすっごく薄めて、ばれないようにするとか……？」

「それだ。すぐに髪質をよくするのではなく、何十日もかけて自然に良くなるようにポーションを薄めて混ぜる」

「そしたらポーションも節約できるね」

問題は何倍まで薄められるかで、それによって利益率も大幅に変わる。

「鍛えていない一般人なら三十倍に薄めたものでも大怪我を治せます。けど強い人は濃いポーションが必要でして……でもでも、髪の傷みは恩寵《おんちょう》度と関係ないのかな……？」

シーラが頭を抱えながら唸《うな》っていた。

今の俺は原液の治癒ポーションを使わなければ大怪我を治せない。有限な資源を無駄遣いしない為にも、怪我をするのは控えなければいけない。

「俺の髪とフェインの髪で実験しよう」

「お兄さんはフェインさんを実験台にすることに疑問を持ってください……それにご自分の体をもっと大切にしてくださいね……。実験は私の髪を少し切って、濃度を変えたポーションで総当たりして調べておきます」

体を被毛で覆われた獣人ならば、毛並みをことさらに気にするもの。我が村のポーション入り石鹸はとても重宝されるだろう。特産品同士で物々交換しあったり、金を持っているのならば対価として貰《もら》えれば嬉《うれ》しい。

「頼んでいた例の件はどうなっている？」

「ネズミを持ってきますのでお待ちください」

シーラが檻《おり》を取りに隣の部屋に入り、ネズミと聞いたトールは怪訝《けげん》な顔をしていた。

二人で一分ほど待つとシーラが帰ってくる。

「お兄さんから頼まれてたの。夫婦のネズミに血を混ぜた練り餌《え》を食べさせて能力《スキル》を与えて……時間で能力《スキル》が消えるか、子供に能力《スキル》が受け継がれるかを調べる実験」

「ガブリールが最初に血を飲んだよね？　それで調べないの？」

「動物・人、色んな条件で調べるの。それにダンジョンに入ったことがあるかどうかで条件も分かれるし、幅広い結果が欲しいから」

金属の檻の中には夫婦のネズミと四匹の子供。チューと元気良く鳴く彼らはシーラが餌を与えてくれる人だと認識しているようだった。

「可愛いけど危ないから……触らないでね」

「病気を持ってなければペットにしたいかも」

肉の切れ端を檻に入れたシーラは実験結果を述べるべく、こちらに目線を向ける。

「子供には能力《スキル》が受け継がれませんでした。検証数が少ないので継続して調べますけど……たぶん、子供には継承しない性質なんだと思います」

「となるとシリウスとかが子供を作っても、俺の能力《スキル》は受け継がれないかもな。念の為に俺の血を長期保存しておきたいんだが、頼めるか」

俺の能力《スキル》なしではダンジョンの攻略は難しい。

暗殺等々で俺が死んでも、残った人たちでなんとかできるように備えたい。

「………イヤです。できません」

やや不機嫌そうなシーラから返ってくるのは拒否。

確かに任せている仕事量が多い為、無給で働くシーラに無理は言えない。

ここは給金交渉から入るべきかとも思うが、出方を窺《うかが》う方針でいこう。

「なぜゆえ。有事に備えるのは大事だろう」

「しませんから。そういうのイヤです」

「エルフって血を穢《けが》れだと思う種族だったっけ？」

「……違います。お兄さんは領主なんです。いなくなるかもって……領民を不安にさせるのは……駄目なんです……」

強要するのも違うし、これ以上機嫌を損ねると実験自体をしてもらえない恐れもある。

どうしたものかと悩んでいるとトールに肩をぽんと叩《たた》かれた。慰めだろうか。

「分かった……それはそれとして、渡したいものがある」

よく磨かれたテーブルの上に指輪を五つ置く。魔力がよく通るミスリル鋼でできている
それは四級遺物――共鳴《ブロークーレ》する指輪である。

遺物を見たトールが絶望顔を見せ、深い深いため息を吐いた。

「婚約者だもんね……お姉ちゃん……よく分かってるよ……うん……」

「あれ、スノーエルフに指輪を贈る文化ってあったか？」

「婚約とか結婚で贈ることはないけど……なんとなく分かるもん。やっぱり……本気なの？　本気なら応援するけど……あたしは明日からどこで寝ればいいのかな……」

家の空きもベッドの空きも我が村にはないのだ。

順を追って説明するつもりだったのに、やはり勘違いされてしまった。

「よく見てくれ。五つあるだろう」

「あらホントだ。えーと、どういうこと？」

「二人と俺の分だ。三人で同じものを付ける」

この遺物は指輪を付けているもの同士で念話を可能にするもの。踏破点百点で貰えるも

のであり、汎用性《はんよう》の高いゴーレムと同じ点数である。

「し、姉妹まるごと……ってこと？　すごい心変わりだね……」

「シリウスにも渡すぞ」

「男同士でっ！　やっぱり、そっちも行けるんだ！」

「サレハもだ」

「弟はヤバいってっ！」

トールとシーラが二人揃《そろ》って口を手で押さえる。全く同じ所作をするものだから面白い。性格は似てない二人だが、こうして見ると双子なのだと思わされる。

「というか、やっぱりって何だ。やっぱりって。これは念話を可能にする遺物だ。貴重品だからひとまず五つで運用していく」

「ビックリした……うん、ホントにビックリしたよ……」

胸をなでおろすトールが指輪を手に取る。どの指に嵌《は》めるか迷っているようだが、魔法の指輪なので太さは指に合わせて変わってくれる。

「トールはシーラの指に嵌めて、シーラはトールの指に嵌めて欲しい」

「どゆこと？　あたしはぜんぜんいいけど」

「将来指輪を貰う時に、最初の思い出は領主から渡されたものでした……じゃ嫌なんだ。

上手《うま》くは言えないが……そういう感じで、頼む」

勢いで最初と言ったが最初ではないかもしれない。

二人とも好いた男くらいいただろう。それが自然で当然だ。

「体内のマナは心臓を守ろうとして左に集まる。効率を考えて左手に嵌めてくれ」

「婚約指輪って薬指だよね？　なんでだっけ？」

「戦争だと剣で指を切り落とされやすいから。狙いづらい薬指に魔法の指輪を嵌める習慣ができたらしい。帰りを待つ妻も同じ指に嵌めて、無事を願ったとか」

「へー、ちゃんとした理由があったんだね。じゃあシーラ、手をこっちに……」

「うん、お願い」

「懐かしいね……あの時と一緒……」

仮ではあるが俺とシーラは婚約者の為左手の薬指に嵌める。シーラも指輪を一つ手に取り、トールの左手薬指に嵌めた。

なんで薬指なのか。トールも疑問に思ったらしいが、まあいいかという顔をして指輪を優しく撫《な》でた。

《どうだ。聞こえるか？　念話は心の中で言葉を読み上げるとできる。二人もやってみてくれ》

《こんな感じ？　あー、あー、うん。聞こえてますかーっ！》

《聞こえてるよお姉ちゃん。私の声も聞こえますか？》

《大丈夫だ。これでいつでも連絡が取り合える。非常時には誰かに助けを求めるように》

頷《うなず》く二人。後はシリウスとサレハに渡すのだが、誰かに見られると非常に誤解されてしまう。それに呼び出して渡すのは……すごく嫌だ。貴族恋物語に出てくる平民出身騎士のようで薄気味悪い。

「主《あるじ》、失礼しますっ！」

息せき切ってシリウスが入室してくる。勢いよく開かれたドアが壁に当たり、木が傷む音がした。

もしかして指輪が欲しくて乱入したのだろうか？　そうだと困る。

「何事だ？」

「落ち着いて聞いてください。まずは結論からお話しします……」

一拍置いて、まだ呼吸の荒いシリウスが眉《まゆ》を歪《ゆが》めて言う。

「ギエナ殿が……誘拐、されました……」

第13話　嵐の兆し

ギエナ誘拐の詳細を聞く為シリウスと一緒に俺の家に入る。

そこでは壮年の戦士が膝《ひざ》を突き、イェルキバさんの前で深々と項垂《うなだ》れていた。

「申し訳、申し訳ありません。私が護衛についていながら、若を……」

以前に和気藹々《わきあいあい》と食卓を囲んだリビングには重苦しい空気が蔓延《まんえん》している。

俺の村に来た近衛戦士は十人。イェルキバさんとギエナの滞在を安全なものにすべく、殆《ほとん》どが空域の警戒に当たっていた。

目の前の男はそれらを指揮する立場。王国で言うならば近衛部隊長に当たる。

「攫《さら》ったバカはどこのどいつだい」

「イエルキバ様……恐らく翠羽氏族《グリーンフェザー》かと。度々我らの滞在を遠巻きに見ており、防壁の上にも翠《みどり》色の羽根が落ちておりました」

確かに報告は上がっていた。これは敵対行為ではあるが、あちらも弁《わきま》えているのか防壁

Expulsion prince of out-of-skill, infinite growth in a mysterious dungeon

内には一度も入っていない。こちらの戦力を確認する偵察部隊か、もしくは俺たちの会談を妨害する目的で来ていたのか。

「舐《な》めた真似をしてくれるじゃないか。そこまでして戦争がしたいのかね」

「領地に戻りアスルカ様とラズリア様にお伝えします」

「兵食の準備と武器の整備、後は油もありったけだよ」

額に青筋を立たせたイェルキバさんが吐き捨てるように言う。

空から油を撒《ま》き、火の魔術を放って村を焦土にさせる作戦だろうか。

「はっ！　最後の奉公、しかと承りました。ことが終わり次第、この頭を岩に打ち付け、恥を雪《そそ》ぎます」

「しっかりやるんだよ」

戦士は目を爛々《らんらん》と輝かせ、下知を出すべく、外に控えている戦士のところへ向かった。

それに「生きるのがお前の奉公だよ」と言わないのか？　獣人の感覚が分からない。

《シリウス、聞こえるか？》

《はい。マズいことになりました。このままでは我々の責任問題になります》

《風渡氏族《ハイレイブン》の者は夜目が利かない。夜中に忍び込んでギエナを攫ったのかもしれないな。しかし……下手人はかなりの手練《てだれ》だぞ。ガブリールが気づかなかったんだからな》

《利を考えれば我々も派兵すべきです。彼我の戦力差は圧倒的で、我々の勝利は堅いかと。今後の交易や関係性を考えればそうすべきと存じます》
戦力で負けているのに氏族長の息子を攫う？　ギエナは外交の手札としては有効だろうが、それは一般的な場合だ。イェルキバさんは情で判断が揺らぐほど生易しい為政者ではないと思う。必要とあればギエナを切り捨てる決断も出せそうだ。
《……主は戦乱を厭《いと》いますか？　私は御心に従わせて頂きます》
《正直に言うとボースハイトが招いた悪果以外に興味はない。争いたければ勝手に争えばいい。俺たちの利を考え、冷静に判断しよう》
《助かります。それに……風渡《ハイレイブン》氏族の欺瞞《ぎまん》工作の可能性もありますね》
《そうだ。俺たちに兵を出させて、がら空きになったここを占領しようと考えているかもしれない》
サレハが世話になった恩がある為、イェルキバさんにはいい意味で先入観がある。だが一人の死者も出したくないし、こちらの財産も失いたくない。
「まずは使者を出し事実関係の確認を。相手が要求を出してくるならば大義名分も得られます。今のままではイェルキバ殿が侵略者として見られてしまいますよ」
「そうさねぇ」

会話の最中──後ろから音がしたので振り向くが、何もない。

ドアが僅《わず》かに開いているのは外の風が吹き込んだからか。

(灰色くんー、かぼちゃにお砂糖かけたけどイマイチだったよー)

妖精《ようせい》の小声が背のあたりから聞こえてくる。背中に当たっているのは妖精の手のひらだ。

火の精霊がいなくなったので妖精たちもダンジョンから出られるようになったのか。

この地方に住んでいるわけがない妖精がこの部屋にいれば、イェルキバさんは不審に思うだろう。不審が猜疑心《さいぎしん》に変われば、俺たちと風渡氏族《ハイレイブン》の開戦すらあり得る。

後ろ手で妖精を摑《つか》みシャツの中に放り込む。「くっさ！」と愚痴を零《こぼ》す彼女を優しく手で押さえ、発言を防いだ。

「今なんか言ったかい？　草がどうとか……」

「間者のことを草と言うでしょう。もしや王国絡みかと邪推してしまったのです。離間の計を仕掛ける為に何者かが暗躍したのかと」

滲《にじ》む汗が気持ち悪い。かなり苦しい言い訳だ。

「異端審問部隊……かつては神の尖兵《せんぺい》として聖務に就いていた彼らも、今では王国の走狗《そうく》。彼らなら翠の羽根を争いの呼び水とし、我々を戦争に誘《いざな》う策とするも容易《たやす》いでしょう」

可能性はゼロではない。

教皇領——いや教皇猊下《げいか》から離反した彼らは王家に直接仕えているのだ。

「王国と対立するのは避けたいねぇ。きちんと調べないと」

「顔色が悪いですよ。外の空気を吸われては？」

「ああ……ちょいと、考えさせておくれ」

中座するイェルキバさんを目で追う。ドアを開ける彼女は額を指で押さえ……深い息を吐いた。氏族長として、親として、あるべき姿とありたい姿がせめぎ合う苦しみに耐えているのだ。どこか悲痛で……見るのが辛《つら》い。

「くっせーんですけど。なんで石鹸《せっけん》をつくってないのかね？」

妖精が俺の襟首から頭を出し、鼻をつまんだ。

「まだ開発中でな。今は忙しいから……用事があるなら今度聞くよ」

「やさいの話がしたいんだけどな。それに灰色くんはワームくんのせわ係なのだから、こっちに住んで欲しいって私たちも言っておるよ」

「就任したつもりはない。ああそうだ、トール……金色さんも具合が良くなったよ。妖精の皆のおかげだ」

妖精が羽をはためかせながら破顔した。

礼になるかは分からないが、饗宴《きょうえん》の余り物ならまだある。

「貰《もら》った果物でコンポートを作ったんだ。食べてみるか？」

「はりゃー、たのしみー」

キッチンには瓶詰めのリンゴのコンポートがある。妖精の体躯《たいく》を考えると一切れでも多いくらいだろうから、小さい一つを木皿に取って渡す。

「ありがとうな。けだもの兄さんは食べないのな？」

「私は結構です。今は食欲が湧きませんので」

けだもの兄さんことシリウスの顔色は悪く、小さな口でリンゴを頬張る妖精は満足そうにしていた。

ダンジョンの法則――カーナは〝ダンジョンには魂がないものは入れない〟という旨のことを言っていた。魔物が内側から出てくる様子はないが、妖精は出てこられた。

――魔物はマナが薄い地上に出てきたがらないのか。

――魔術により出入りするものを制限しているのか。

――魔物も魂はあるので、精霊と条件は変わらない。

それに入るという自発的な行動と、出るという消極的な行動は魔術的には完全に別物だ。法則を解明する為にはもっと試してみないと分からない。

「けだもの兄さんはなんで食べないのな？」

「私は今食欲がありません。結構です」

素っ気なくかわされた妖精は不満を顔で表していた。これ見よがしにシリウスに見せつけながらリンゴを頬張り、懸命に咀嚼《そしゃく》して飲み込む。

「ギエナってだれだい、灰色くん？」

「うちに来ている獣人の少年だ」

「じゅーじん？　けものですか、けものっぽい子は一人いたなー」

「どこに……？」

「うちのところまできておったよ」

猛烈に嫌な予感がした。シリウスなど口を手で押さえてえずいている。

「もしかして……黒い翼の少年だったかな？」

「そーなのな。ゴーレムにつかまっておったよ。あのまま消えてくれたら私たちもぐっすり安心してねむれるのだがー」

「ああ……そういうことか……」

ギエナは誘拐されたのではない。

ダンジョンに勝手に入って、ゴーレムに捕まえられたのだ。

今あそこは村人の恩寵《おんちょう》度上げの為に魔物を片っ端から倒している。四階層までは楽に行けるはずだ。

顔面蒼白《そうはく》のシリウスがこちらを見てくるが、俺も似たようなものだろう。

「ダンジョン入り口は冬期に備えた食料庫だと説明しております。ギエナ殿も他人様《ひとさま》のものを盗むような子ではないと思うのですが……」

「中に入れば、食料庫でないと分かる。それでも進んだのか」

「マズいことになりました。ダンジョンの存在をイェルキバ殿に話すわけにはいきません。ギエナ殿の秘密裏救出……それに戦争を先送りにする交渉が……」

「俺は救出に行ってくる」

「今……楽な方を選びませんでしたか……？」

なんてことだ。シリウスの顔色がさらに悪くなった。

それに助け出したギエナに口止めもしないといけないが、これは俺がしよう。

「俺の方がダンジョン慣れしている。しばらく姿を消すことになるが……いい感じの説明をイェルキバさんにしておいてくれ」

「いい感じですか。私の得意とするところですね」

勘違いのせいで戦争を起こすなどあってはならない。それに翠羽氏族《グリーンフェザー》の領内にギエナがいないと分かれば、俺の村も疑われ始める。続けざまに一網打尽なぞ御免こうむる。

「話は聞いてました。僕もお供します！」

サレハが窓を開けて中に入ろうとする。しかし、上手《うま》く足が上がらずに窓から入ることは敵《かな》わず、諦《あきら》めて普通にドアから入ってきた。

「魔術は使えるのか？」

「初歩的な起源魔術ならば。実は二つ目の起源魔術も使えるんですけど……あまりに覚えるのが早いと不審がられるかなって思って、使えないと嘘をついてたんです」

王家の中でも魔術に特化した能力《スキル》持ちであるサレハだ。竜が体を鍛える必要がないように、サレハは努力せずとも魔術が使えるのか。

「俺とトールとサレハ、それとガブリールで行く」

「承知しました。武運長久を心より願っております」

シリウスが退出して、外にいるイェルキバさんと話しに行く。

精霊は既に逃しているので空きの底なし背負い袋《アビス・サックス》は一つ。ポーションや食料をあるだけ詰め込んでいく。作業をしながらトールとシーラに念話を飛ばし、二人にも準備を手伝ってもらった。

時間にして十分ほど経った――イェルキバさんの様子を聞くべく、シリウスに念話を繋《つな》ぐ。

《なにか分かったか？》
《まずは即時出兵は止めておくと。ですがここから風渡氏族《ハイレイブン》の領地まで……鍛えた有翼戦士なら丸一日で往復できます。時間の猶予はありませんね》
《一日を目処《めど》に四階層を探索する》
《それと……ギエナ殿の魔眼が何なのかも聞き出せました》
《本当か》
どんな魔眼を有しているかでギエナの戦闘能力も分かる。
発火、雷却、精神干渉、熱源探知に未来視……魔眼の種類は多岐にわたり、ものによっては救出後の脱出にも役立ってくれるはずだ。
《透視の魔眼でした……生物・無生物を問わず特性を看破するものです。人に使えばおおよその強さが分かり、物に使えば透かして見るように特性が分かります》
《技師向きの魔眼だな……だからギエナは劣等感を抱えていたのか……》
《ダンジョン入り口の方を魔眼で見たのでしょう。地に蠢《うごめ》く膨大なマナを感じ取り……理由は分かりませんがギエナ殿は奥に行ってしまったと》
《力が欲しかったのではないかな》
俺とサレハがギエナの劣等感を煽《あお》ってしまったのか。

同じ悩みを持っているギエナだ。俺なら寄り添えると勘違いしてしまっていた。

だが、接し方を悔やんでも、今更どうにもならない。

《授業をすると約束したんだ。一度も死なせずに、救出する》

《お頼み申します。子供が苦しむ姿はいつ見ても辛いものですので》

第14話　四階層

ギエナ探索の為にダンジョン四階層まで潜る。

彼を攫《さら》ったゴーレムは遺物だろう。村にいるゴーレムと同じであるならば俺一人でも対処は可能だが、違うものであれば対応方法は全く変わってくる。

彼を捜すことが第一なのは揺るぎないが、四階層は未知の領域が多く、皆が死んでしまう恐れがある。

トールやサレハの着ている服は外で買える普通のもの。マナの濃いこの階層の魔物と戦うには頼りない。しかし、鍛える手段は四階層のここにある。

「ゴーレムの体は何でできていた？　金属か岩石か見た目で分からなかったかな？」

大樹集落の大扉前、横で飛ぶ妖精《ようせい》に問うてみる。

「んとー、テカテカしてたなー。にぶーい色」

「金属製……白っぽくないならミスリル鋼とも違う、鋼鉄あたりならなんとかなるか」

「ういー。おなつかしのしゅーらくに着きましたぜー」

大扉を開けて大樹の中へ。こちらに手を振り歓迎してくれる妖精たちに手を振り返し、螺旋《らせん》階段を下ってワームがいる牧舎に入る。

「サレハとトールは下がっていてくれ」

カゴ一杯の野菜を床にドンと置く。

目の前の魔法生物はギシャァと鳴き、食欲があることを示した。これほどに大きいワームなのだから、俺と芋の違いなど分からないだろう。

「ほら芋とトマトだ。滋養を考えてよく嚙《か》めよ」

「シャ――ッ!!」

ぽいぽいとカゴの中身を全て放り投げていく。

ワームは涎《よだれ》を撒《ま》き散らしながら空中で受け止め、床に落ちた取り損ないもキッチリと捕食していく。

「これも喰《く》え」

いつも使っている鋼鉄の剣ではなく、カーナから貰った銅の剣をワームに喰わせる。次に投げるのはこれまた銅製の兜《ヘルム》だ。

「吐き出したな」

出てきたのは剣が一つだけで鎧《よろい》は消えた。先に入れたものを主として、後から入れたものを融合させる性質なのか。

「兄様、取りに行くのは危ないですよ」

サレハがワームに向かって手をかざし〈鎖の魔術《アンロ》〉と唱えた。

鎖の起源においては初歩的な魔術であるそれは、鎖を好きな方向に飛ばすもの。鎖はたわむことなく一直線に剣に向かって飛び、持ち手を搦《から》め捕って戻ってくる。

「どうぞ」

サレハから渡された剣から感じる力は以前より強い。武具に含まれるマナをワームの腹の中で融合し、一つにしていると思われる。

ギエナの救出ではゴーレムと戦うことになる為、強い武具をぜひ揃えたい。硬い体に生半可な武器で挑めば死んでしまい、石碑の部屋に戻されれば時間切れになってしまう恐れがある。

「いつの間に覚えたんだ？」

「魔術はお……故郷にいた時に一通り本を読んで理論は憶《おぼ》えてます。起源さえ分かれば意外と簡単に使えますね」

「簡単じゃないぞ、普通は。嫌味になるからギエナには言わないようにな」

「そういうものですか……はい、心しておきます」

サレハの起源は〝消滅〟と〝鎖〟の二つ。

恐ろしげなその二つの起源に驚いたのだろうか、トールが耳打ちしてくる。

（すっごく苦労したんだね……弟さんは……）

（抑圧された子供時代が影響したんだ。優しくしてやってくれ……）

（縛るかぁ……うん。アンリも優しくしないと後が怖いかもね……）

サレハはいつでも魔術を撃てるようにワームに向かって手をかざしている。

いつでも大丈夫だと目線で伝えられるので、次の検証に取り掛かる。

「じゃあ次は銅の剣と魔物の皮だ」

底なし背負い袋《アビス・サックス》には村で保管していた魔物の皮が大量に入っている。

剣と皮を放り投げて、咀嚼《そしゃく》させ――同様に回収しようとすると、二つとも元のまま返ってきた。

「剣と鎧は大丈夫で、剣と皮は駄目なのか」

「種別じゃなくて材質で判断しているんじゃないでしょうか？」

「となると俺の服は動物由来素材だ。試してみるか」

軽鎧《けいがい》と藍色《あいいろ》のシャツを脱ぎ――シャツと大量の魔物皮をワームに喰わせる。

　すると予想通り強化された魔法のシャツが出てきた。

　上半身裸のまま水生みの筒《インフィニトム》の水でシャツを洗ってから着込む。べっしょりとしていて不快感はあるが我慢しよう。

「金属と皮は融合できない。あまりにも性質が違うと駄目みたいだな」

「剣と魔物の牙《きば》なんかも融合できないかもですね」

　試しに剣とコカトリスの嘴《くちばし》を放り込んだが融合は敵わず。仕方ないので普段使いの鋼鉄の剣と先ほど作った銅の剣を融合させておく。

「魔物の骨で武器を作ることを検討するか」

「良《い》いですね。それでしたら数と質を両立できそうです」

「サレハのローブも強くしておこう。脱いでくれ」

　ハイと答えるサレハはもぞもぞとローブを脱いだ。これも魔物皮と融合させれば、剣を通さない頑丈なローブに変質した。

　力の根源たるマナが服の繊維一つ一つに流れることで、衝撃や斬撃《ざんげき》、魔力の影響を受けづらい素材に変わるのであろう。まさに魔法の服と呼ぶに相応《ふさわ》しい。

「トールも服を丈夫にさせておくか？」

「そだね、確かシーツ持ってきてたよね」

「ああ。妖精さん、すまないがシーツでトールを隠してくれるか？」

「あいー、りょうりょう」

二人の妖精がシーツでトールを隠し、脱いだ服は魔物皮と融合させる。

水で洗ってびしょ濡《ぬ》れの服をトールがまとい「うへぇ……」と呻《うめ》いた。肌に服が張り付くこの感じは確かに気持ち悪い。

むさ苦しい男の前でトールを半裸にさせる後ろめたさはある。俺とサレハが出ていけばいいのだが、不幸な事故でトールがワームに喰われないとも限らない。

サレハも濡れた感覚が不愉快なのだろうか、俺を見てなにか言いたげな顔をしている。

だが俺は甘やかさないと決めた身だ。多少の我慢はしてもらおう。

「五つの大樹集落のうち、ギエナがどこに行ったか分かりますか？」

「んえー、橋をわたってるのをみたな。まんなかの集落じゃないかね」

木を掘り進めて作ったようなこの集落郡。下を覗《のぞ》き込めば目が眩《くら》んでしまうような吹き抜けの空間があれば、一人が通るのがやっとくらいの狭い通路もある。

内部構造は遠目に見てもわからない。虱潰《しらみつぶ》しに散策する他ない。

「ここに住んでおくれー、ワームくんが灰色くんをすきだって言っておるよ」

出発しようとしたら、妖精が俺の服を懸命に引っ張ってきた。

困る。非常に……困る。

外の世界が好きなわけではないが、今はすべきことがあるのだ。

「ワームくんは……俺を食べ物として好きなんじゃないかな」

「そだけどさー。好きってきもちにウソはないよ？」

「好意は嬉《うれ》しいんだが、婚約者がいる。早く帰って顔を見せてあげたいんだ……」

「そんなら、しょうがない……」

目に見えて妖精がしょんぼりとした。

妖精はエルフと関わりが深い種族であり、ヒュームである俺を好む理由はないはずだ。

トールと妖精たちは普通に話しているが、住むように勧誘されている様子はない。

「俺たちはギエナを捜しに行くよ。また交易で会おうな」

「おたっしゃで。あと灰色くん……あのね……」

「何だろうか？」

「死ぬな、なのぜ」

妖精が親指をグッと立てる。

以前にもゴレムスがやっていたが、ここらでは見ない所作だ。

同じ所作を返して別れを告げ、中心の大樹集落に繋《つな》がる吊《つ》り橋まで進むことにした。

《シリウス……石碑の部屋にギエナが帰った様子はないか》
定刻通りに念話を飛ばす。
返ってくる声は予想通りだが疲れ果てていた。
《全くありません。イェルキバ殿も領地に帰らず、ここを本拠として指示を出しております。我々の動きを抑える目的もあるのでしょう》
《牽制《けんせい》か。だが本題はギエナだな。ゴーレムは食事を必要としないから、なぜギエナを攫ったのか理由が読めない》
《労働力。ゴーレムの主《あるじ》の命令。生物実験あたりかと》
螺旋階段を上りつつシリウスと可能性を協議する。
今まで探索した大樹集落は二つだが、残り三つのうちに黒幕が潜んでいる可能性がある。迷宮主ル・カインであれば非常に危険だ。
《――我々も草原に探索隊を出しております。これ以上の足止めは難しく明日の朝には翠羽氏族《グリーンフェザー》へ使者を出す羽目になりそうです……》
《マズいな》
《ええ……腹が痛くなって参りました》
それは参ってしまう。

シリウスと話しながら歩けば、中央の大樹に繋がる吊り橋前にたどり着く。

《何か分かればまた連絡をくれ》

《はい……早く帰ってきてくださると助かります。私が心労で死ぬ前に……》

《了解だ。じゃあな》

念話を終わらせる。

霧はここに来てから一度も晴れず、吊り橋の奥にそびえ立つ大樹はうっすらとしか見えない。三千年の時を経たというのに吊り橋は一つのささくれもなく、文句も言わずに主なき都市の橋渡しをしていた。

「渡るぞ。霧の中には得体の知れない魔物がいる。静かにな……」

「はい。兄様もお気をつけて」

霧の中を歩くと軽鎧に水滴がつく。空気は清らかであり、聴覚を失ったかと勘違いするほどに周りは静かだ。

吊り橋の縁から下を覗き込むと、また違う吊り橋が見えた。大樹間を繋ぐ道は複数あるらしいが、三千年前の人々はこうして誰かと連れ立って歩いたのだろうか。

霧の中をずっと歩いていると方向感覚が狂うような感じがして……どこか気持ち悪い。

こんな不便な場所に住むとは、古代人にどんな思惑があったのだろうか？

「ガブリール、頼む」

ギエナの黒羽根の匂いを嗅《か》がせて覚えさせる。

ガブリールは天を仰ぎ、匂いの元を捜すように鼻をぴすぴすと動かした。

「わうっ！」

ガブリールは勢いよく走り、大樹集落の大扉前で止まる。前足で大扉をひっかきながらこちらを何度も振り返っては、正解はここだと教えてくれた。

大扉を少しだけ開けて、中を覗き見る。

敵影はなし。中は王都行政庁舎のようで——目立つところに受付机があった。しかし人の影や気配、誰かが使っていた痕跡《こんせき》は見当たらず、冷たい雰囲気を感じる。

三人と一匹で中に入り、本棚にある分厚い背表紙の本を取ろうとすれば、当然のように風化して崩れた。

「調べるのは今度にするか」

「そーしよ」

ここは大樹集落の上部に当たる。下に下に進めばギエナと攫《さら》ったゴーレムがいると思われる。剣をいつでも抜けるよう気を引き締め、一同で進む。

探索を始めてから丸一日が経った。

シリウスの悲痛な念話は頻度を増し、俺は都合の悪いことは受け流すという術《すべ》を手に入れつつある。

「少し休んだら出発しよう。サレハも顔色が悪いぞ」

「はい……ちょっと座ります……」

ここは古代の商店跡と思《おぼ》しき廃墟《はいきょ》だ。そこら中に棚が乱立している。

疲れてきたので棚に体重を預けようとしたら、バキリと音がして壊れた。

「ありゃー、壊しちゃったね」

トールが心配そうに背中に木の破片がついてないか見てくれた。

「腐りきっているな。触らない方がいい」

「危ないなー。床とか腐ってないよね」

「大樹自体は腐ってないから大丈夫だろう。マナが通った生きている木だからな」

買えるものもないので退店しようとすると、去り際の挨拶《あいさつ》が店から返ってくる。

《損壊を確認——市民番号の照会——不一致》

頭の中に響く声。これはカーナが飛ばしてくるものと同じ感覚だ。声の主はどこにも見当たらず、魔術の要領で声を飛ばしていると思われる。

「腐ってた。俺のせいじゃない」

《違反者を第二種犯罪者として暫定登録します》

酷《ひど》い……俺が犯罪者になってしまった。

弁済しようにも古代の貨幣は持っていない。だが俺を捕縛する衛兵もいないのだから、犯罪者になっても痛くも痒《かゆ》くもない。

燻製《くんせい》肉を齧《かじ》りつつ三十分ほど小休止すれば、サレハの体力も戻った。

店を出て通路に戻る。この階層は樹の中心を取り囲むような商店街だ。生体金属をケチったのだろうか半壊した店も目立ち、割れたガラスから店の中を窺《うかが》う。

服飾に雑貨――娯楽に該当する店舗ばかりが軒を連ねているので、ここらを使う人は富裕層が多かったのだろう。

「兄様……ゴーレムです」

サレハが指差す方に、確かにゴーレムがいる。ギエナの匂いを追っていたので、必然この周辺が怪しいと思っていた。目論見《もくろみ》通りだ。

割れたガラスをくぐって婦人衣服店に入り込む。

ゴーレムがその巨体を一歩動かすたびに大きな足音が響き、放たれる威圧感に気圧《けお》されそうになる。

ゴーレムは金属製の巨腕で鳥かごを持っていて、中には四人の妖精《ようせい》が囚《とら》われていた。

「ガブリールが反応している。あいつからギエナの匂いがするんだ」

「うちのゴーレムと大きさは一緒ですね……体は金属ですけど、鉄じゃありませんよ」

ゴーレムが立ち止まり、首を左右に動かして索敵している。

息を抑えて潜んでいると、ゴーレムが右拳《みぎこぶし》を床につけた。

「残存生命体の探索・確保を開始します――〈鳴動定位《フルクトウス》〉」

右拳が鳴動したその瞬間、ゴーレムを中心として緑の波紋が地面を伝わってくる。波紋は全ての物体をないものかのように貫通し、俺たちの体を通り過ぎた。

「確保を開始」

ゴーレムの緑の瞳《ひとみ》が赤に変わる。

右拳を地面から離し、俺たちの方に一歩ずつ歩み寄ってくる。

あの波紋でギエナを探し出し、捕まえたのか。見たこともない魔術だ。

「ど、どーしよ！　こっち来るよっ！」

「落ち着けトール。くそ……マネキン人形のふりをしてやり過ごそうと思っていたのに」

トールは魔導銃をホルスターから抜き、構えた。

サレハも手のひらをゴーレムに向け、精神を集中させている。

「ガブリールは動いて牽制。俺が前衛の主となる。サレハは鎖で相手の動きを惑わし、トールは遠くから射撃。これで行くぞっ！」

狭い店内では戦いづらい。通路に躍り出て対敵と相対する。

ゴーレムは意外にも機敏な動きで拳を振るってくるので、一歩横に避けて、鳥かごの持ち手を叩《たた》き斬《き》る。

「あ――っ！　たすけろ灰色くんっ！」

妖精たちが叫ぶ。

俺は足で鳥かごを蹴《け》って通路奥に追いやった。悲痛な叫びと恨み言が聞こえてきたが、命の安全を考えれば最善の選択だ。

「〈鎖の魔術《アンロ》〉！」

鎖がゴーレムの両手両足を縛る。

機動力を奪いたい。姿勢を低くして全力の斬撃《ざんげき》を足の根本に振るった。

「っ！　硬いな……」

斬鉄くらいならできるはずだった。だがゴーレムから返ってくるのは硬質な音のみで、何ら損傷は与えられていない。

後ろから発射音が響き、トールが放った蒼《あお》い魔弾が四発頭部に命中するも、対敵は無傷。赤い眼光が輝きを増し、怒りのままに鎖を引きちぎり、床を叩き割った。

「馬鹿力だな。あれは只《ただ》のゴーレムじゃないぞ」

「もしかして……あの金属ですけど……」

「たぶん、アダマン鋼だ。世界最硬、最重の金属か。厄介だ」

ゴーレムが威嚇するように拳をぶつけ合わせ、こちらを睨《にら》む。

「武器を捨て投降しなさい。当方には――年分の食料と安全な住居を確保しています。こちらの保護に応じるならば、一切の危害は加えません」

「こちらには交渉の用意がある。ギエナという少年について聞きたい」

「保護します」

ゴーレムが砕け散った木片を手に取り、ずぶずぶと体に吸い込ませていく。

手のひらをこちらに向けると、そこには銃身のような穴が空いていた。

「退避！　撃ってくるぞっ！」

「僕の後ろに集まってください！　〈鎖盾の魔術《アンロイース》〉！」

後ろ飛びに五歩下がると、地面から鎖が幾重にも重なって伸びていく。さながら鎖の盾のようで、それはゴーレムから発射された銃弾を全て受け止めた。

「サレハ、何秒維持できる？」

鎖と銃弾がぶつかりあって、耳障りな金属音が響いている。

「いつまででも。これくらいでしたら魔力の自然回復の方が早いです」

「そうか、すごいな……」

普通は魔術なんて数回撃てば弾切れになるもの。初歩の魔術と言えど、大したものだ。

だが、言っている間も銃弾の雨は止まらない。鎖の盾からこっそりと窺えば、ゴーレムは地面に左腕を突き刺し、右腕で撃っていた。補給と発射を同時にこなしているのだ。

「倒す決定打が足りない」

「あたしが突っ込んで銃身に魔弾を撃ち込む」

トールが額に汗を流しながら、興奮するガブリールの背中を押さえていた。

「あの威力だ。一発で死ぬぞ」

「一瞬でも……銃弾を途切れさせられれば……」

二人でサレハの顔をジッと見る。

消滅の起源魔術は使えないだろう。あれはイェルキバさんの補助があっても暴走する。

鎖の方は比較的簡単な部類に入るが、直接の衝撃力には欠ける。

「同時に魔術を使えるか？　一瞬だけ、動きを止めて欲しい」

「盾がすごく弱まります。同時詠唱は難しくて……」

だが、それしかない。

「やろう。最後は俺が決める」

「なにか作戦があるのですか？」

「ああ、俺に任せておけ。すごく良《い》い手がある」

瞳を輝かせるサレハと訝《いぶか》しげにしているトールだが、良い手は確かにあるのだ。

サレハが深呼吸し、両手を前に広げる。

「行きます！」

鎖がジャラジャラと音をさせて伸びていく。

盾に襲いかかる銃弾は止むことはないが、ゴーレムの右手に鎖が絡みついたと思しき金属音がした。

トールが勢いよく盾から飛び出し、魔弾を放つ。

「当たったっ！」

喜びの声と同時に、ゴーレムの右手内で木の銃弾が弾《はじ》けたらしく、爆発音がした。

ゴーレムは右拳を振って銃身内の詰まりを解消しようともがいている。

勝機が見える。

剣を鞘《さや》に戻し、全力で駆ける。俺とゴーレムを結ぶ直線、その先には吹き抜けがある。ここは大樹集落の上部に当たり、吹き抜けは最下層と思しき場所まで続いているのだ。

「落ちろっ！」

アダマン鋼の巨軀《きょく》に肩をぶつけるようにして体当たり。

ゴーレムの体が風を切りながら飛ぶが、僅《わず》かに距離が足りない。

勢いを殺さずに追いすがり、跳躍する。

「保護します」

ゴーレムが視線をこちらに合わせ、銃身を向けた。

足が折れようとも構わない。全力の蹴りを打ち込んだ。

「――保護します」

「何をっ⁉」

蹴りは確かに入った。だが右足を豪腕に摑《つか》まれてしまう。

視界が急速に旋回し、俺が本来描くべきだった着地の軌道線は失われる。

吹き抜けの手すりが壊れる音がした。このままでは自由落下して死ぬ。

「兄様っ！」

「ギエナを捜し、スクロールで脱出しろッ！」

こちらを見て吠《ほ》えるガブリールの姿が、急激に小さくなっていく。

ゴーレムは俺を離すことなく、保護とやらの任務をこなしていた。

「ごめんなさい！　絶対痛いので、頑張ってください！」

サレハがこちらに手のひらを向けて〈鎖の魔術《アンロ》〉と叫んだ。

さあ――と血の気が引くのは、死よりも辛《つら》い痛みの気配を感じたからだ。

「や、やめろ――っ！」

神速の鎖が俺の体にまとわり付く。たわみは瞬きの間になくなり、ピンと張られた鎖は俺の腰と胴体にとんでもない衝撃を与えた。

「っ！　ぐぁあああ――――っ!!」

ぼぐん、と股関節《こかんせつ》が脱臼《だっきゅう》した。体一つでゴーレムを支えているのだ。

火花が散る頭を宥《なだ》め、剣を抜き、ゴーレムの右手を何度も叩く。

「保護します」

「何が保護だ。ドワーフの技師を呼んで解体してやる」

俺の足を切り落とし――落下させるか？

握りしめる力は尋常ではなく、恐らく足首の骨はとうに砕けている。

「ちょ、ちょっと！　大丈夫――っ!?」

「トール……聞かせてもらうが……大丈夫に見えるか？」

「足をぶらんぶらんさせて！　振り子みたいに――！」

言われた通りにする。感覚のなくなった足を右手で揺らし、ゴーレムがトールの注文通りに前後に揺れる。

前に揺れる。魔弾がゴーレムの頭部に命中する。

後ろに揺れる。すると同じようにアダマン鋼の頭部が小気味良い音を立てた。

バカみたいに見えるが――魔弾が当たるたびに足首を掴む力は弱まっていく。

「保護――保護――保護――します」

「落ちろ」

「保護」

魔弾がまた当たった。

限界が来たのだろうか、ゴーレムが自由落下していった。

「引き上げます。大丈夫ですかー」

「意識はある……」

遥《はる》か下からゴーレムが地面に衝突した音が聞こえてくる。

時間にして落下から十秒ほど。かなり深いところまで吹き抜けは続いている。

「うわ……ヤバいねこれ……足首、折れてる……」

引き上げられて、元いた階層の通路で仰向《あおむ》けにさせられる。

トールは眉《まゆ》を顰《ひそ》めながらポーション瓶を取り出し、治療を始める。手持ち無沙汰《ぶさた》のサレハはあわあわと慌てていたが、ガブリールが咥《くわ》えている鳥かごを見つけ、中の妖精《ようせい》を逃がしていた。

自由になった妖精が嬉《うれ》しそうに俺の顔の隣に座った。

「はー、たすかったー。ありがとうね、足ボキの灰色くん」

「なんで捕まっていたんだ？」

「んぇー、むずかしーなー」

両頬を手のひらで押さえる妖精だ。

彼女らは互いに目配せをし、何かしらの合意を無言で取った。

すると……四人のうち、三人が気を失ったように寝そべる。

「賢くないと説明できないのな。私たちは作物の種を探しにここに来たのだ。だけど窃盗は犯罪なので……ゴーレムに捕まったのだ」

程々に賢くなったと見受けられる。これが四人分の知性というわけか。

話を遮るように、ガブリールが心配げに顔を舐《な》めてくるので、頭を撫《な》でて宥めておく。

「ゴーレムが法を守ろうとするのか……」

「警備ゴーレムなのだよ。ここは要人も住むいい場所だからな」

あのゴーレムはうちのゴレムスより遥かに強かった。体を組成する鉱物が変われば、マナの伝導効率も変わる。それが強さにも繋《つな》がるのだろう。

しかし、それよりも気になるのは要人という言葉。まだ人がいるのなら交渉してギエナ探索を手伝ってもらいたい。

「人がまだいるのか」

「いんや、もう……いない……」

とても寂しげな顔をされてしまう。聞くべきではなかったか。

「ホントは私たちも言うつもりはなかったけど、助けてくれた礼に教えたげる」

「管理代行に怒られないか？」

「気にするなー。うむ……ここの人たちは閉じ込められてオカシクなってしまったのだ。灰色くんは外の人だから魔術結界に穴を開けられるけど……エーファの御方々はそうでもないからの」

三階層から四階層へは古井戸で繋がっていた。

あれは結界同士を繋ぐ扉の役割を果たしているが、外の人間でないと認識できないのか、それとも俺たちが来たから勝手に生えてきたのか……判別はつかない。

「オカシクなった、か。反乱でも起こったとか？」

「食料も水も全て自給できたのな。反乱はないんだけど……みんな無気力になっていって……自殺する人がいっぱい出たのだ」

古代文明の崩壊から三千年経っている。神ですら退屈を持て余しそうな悠久の時を人の身で耐えられるわけがない。

「為政者は〝上位種族――精神だけの生き物になって異界へ移住する〟計画を打ち出したのだ。魂をル・カインに縛られるくらいなら、鎖を無理やりちぎって異界に逃げるほうがマシだ……と考えたのな。結果、成功して、為政者はみんな旅立っていったのだ」

「為政者は……となると、一般市民はどうなったんだ？」

「聞いちゃうのかー、まあ……生贄《いけにえ》だったのだ。エネルギーとして消費されて……消えた。彼らも異界に旅立てると嘘をつかれて、騙《だま》されちゃったのな……」

それがこの大樹集落の顚末《てんまつ》。

「私たちはお世話する人がいなくなって……とっても寂しい。だから灰色くんにうちに住んで欲しかったのだ」

妖精たちはエーファの民に仕える奉仕種族だったのか。野菜や果物を作れるし、大樹の間も飛んで移動できるから配達等もこなせる。

「寂しいのは辛いな」

「もっと共感して、哀れんでおくれ。最終的に情にほだされて……定住して欲しいのだ」

「意外に元気そうだし、大丈夫だろ」

「足がもっかい折れれば、ずっと私たちでお世話……できるのな？」

「……ははは」

骨折、脱臼等々は既に全て治っている。

「また待っているのだ。遊びに来てねー」

四人の妖精が仲良く飛び去っていく。

俺も立ち上がってホコリを払う。ブーツに血が滲《にじ》んでいるのは、はみ出た骨が肉を食い破っていたせいだろうか。なるほど、痛いわけだ。

「ガブリール、ギエナの匂いはどっちからだ」

「わう」

俺の狼は壊れた手すりから下を覗《のぞ》き、ずっと先を睨《にら》んでいる。

シリウスの時間稼ぎにも限界がある。鎖を伝って目的地まで直行すべきだ。

「トールは鎖を伝って降りられるな？」

「らくしょーだよ」

「ガブリールは俺が抱えるとして、サレハはどうだ？」

「が、頑張ります」

とても怪しいので、鎖を一本上に伸ばさせる。

登れるかどうかサレハに試験したのだが、結果は酷《ひど》いものだった。

「あぅあぁあああ――……」

少し登っては、あまりの腕力のなさにズルズルと滑り落ちていく。

これは――サレハの能力《スキル》のせいだ。サレハは体に蓄えたマナを全て魔力に増幅変換できるが、代償として身体能力にマナを一切回せない。

「あたしが背負うよ。アンリだと鎧《よろい》が当たって痛いだろうし」

「任せる」

サレハに魔法の鎖を限界まで出してもらい、伝っていく。五階分下りてもガブリールはまだ下を見ている。

今いる階層は自然を模倣した公園になっていて、瑞々《みずみず》しい芝生が広がっている。天井に走る、木の根に擬態した水道管は割れていて、水が漏れていた。

「古代人は子供をここで遊ばせていたのか」

遊具が崩壊したのか――点在する錆鉄《さびてつ》の残骸《ざんがい》はどこか寂しげに見えた。

鎖の限界が来れば一度その階に降り立ち、また鎖を下に伸ばして下りていく。十回それを繰り返せば、最下層にたどり着いた。

ここは静謐《せいひつ》で、他の階と違って全てが白で構成されている。中心で倒れるアダマン鋼のゴーレムはピクリとも動かず、墓標を思わせた。

宗教画を思わせる女性の彫刻は聖火を拝んでいて、神殿のような大扉は実利より芸術的な美を追求している。

精神的、宗教的な趣を重視しているここは、古代人にとって大切な場所だったのだろう。

「開かないな。ギエナ、中にいるのか？」

大扉を叩《たた》いて、大声を出す。すると中からギエナの気まずそうな声が返ってくる。

「いる……いるけどさ……」

「中から開けられるか？　こっちからは無理だ」

「無理だ。カギがかかっている」

「分かった。扉から離れてくれ」

「？　ん、ああ。分かった」

少し時間を置いてから剣を四度振るって、扉に切り込みを入れる。

後は全力で蹴《け》れば、脆《もろ》くなった扉を粉砕できた。

ガラガラと大理石のような材質の石が崩れ落ちてきて、中の様子が見える。黒の石棺が等間隔に並んでいて――奥には火葬炉が見える。

「ギエナ、俺たちと一緒に帰ろう」

「オレがいなくなったから……大問題になってるだろ。今更ノコノコと帰ったって皆の迷惑になる。草原で魔物に喰《く》われて死んだと、伝えてくれ」

「死ぬつもりか。こんな寂しい場所で」

「ここは何だろうな、棺《ひつぎ》の中は赤ん坊の死体だったよ。干からびてて、男か女かも分かんなかったけどな」

「古代人は生贄を使って大きな儀式をした。けれど赤ん坊は使わないという最低限の矜《きょう》持《じ》はあったのかもな」

それか、為政者の子供だったか。

聞くべき相手は旅立ってしまって、もはや答えは得られない。

棺にもたれかかるギエナの隣に座り、横顔を見る。

「お前やサレハみたいな力が欲しかったんだ……」

「透視の魔眼を持っているじゃないか。イェルキバさんも認めていただろう」

「それは……技師としてだ。戦士にはなれない」

相手の強さが幾ら分かろうと、自分が強くなければ意味がない。

確かにそれは正しい。誰かを支える強さにはなれるが、ギエナはそう望んではいない。

「なあ、あんたは兄を殺したんだろ。どうだった、変われたか？」

ぽつりと、感情が漏れ出るようにギエナが低い声で尋ねてきた。

「死に際の兄を見て虚《むな》しくなった。自分は間違っていたって、兄と自分の二人に責められているようだったな。死んでからも何一つ変わりはしない」

「そうかよ」

「ギエナは姉が憎いか？」

「いや……そうじゃないけどさ。優しいのが嫌なんだ。村のみんなは優しいんだよ。気にしなくていい、お前は姉とは違うんだから……ゆっくり強くなればいいってさ、憐《あわ》れまれるのが惨めで嫌だ。何より……そんな風に思う自分が一番……」

目に涙を溜《た》めている。無理もない。

わけも分からず攫《さら》われて、帰るべき場所は今のギエナにとってはとても遠い。

「どうしたら上手《うま》くできるか、ぜんぜん分かんねェ」

「俺も分からん。一族からは疎まれているし、俺はギエナ以上に失敗しているから」

「使えねェな。く、ははは」

ギエナが掠《かす》れた笑い声を出す。

皆もかける言葉が見つからず、俺たちを遠巻きにして立ちすくんでいた。

「俺の村に住まないか？　姉たちと一度、距離を取ろう」

「それって……アリなのか？」

予想外の誘いだったのだろう。ギエナは思わず乗ってきた。

言ってからギエナは「しまった」という顔をするのだが、年相応の幼さがどこか面白い。

「アリだろう。それと、今回のギエナ失踪《しっそう》事件をどう片付けるかが肝だな」

「ルーコンがマズい。あいつは真面目だから責任を取ろうとする」

「護衛長か。あの人……自害するって言ってたぞ」

ギエナが頭を抱えて唸《うな》る。草原に出した俺たちの探索隊がギエナを見つけたことにするにしても、その後が問題だ。

「ギエナを追放処分にして片を付けるか。ルーコンさんに累が及ばないよう、俺からイェルキバさんにお願いしておく」

「年端もいかない子供を追放させようとするのか。すごいなお前……」

「ははは、それで俺の村に来ればいい。イェルキバさんもたぶん承諾する」

イェルキバさんは氏族長として、厳しい罰を与えなければいけない。

だが息子を思うあの表情から考えるに、人死にが出る処分は望んでいないはずだ。

「なんでオレなんかに構うんだよ」

ギエナの手を取り、立ち上がらせる。

「子供の頃、俺もギエナみたいに強がっていた時期があった」

「兄とは仲が悪そうだったもんな……」

「ああ、だけど意地悪な兄たちは強がりすら許さずに、俺をさんざ打ちのめしてくれた。

そのおかげで守りの剣術は結構上手くなったよ」

「打ちのめすって暗喩《あんゆ》じゃねェのかよ」

「そうだ。今になって思うと、俺はあの時……大人に助けて貰《もら》いたかった。だからギエナを助けに来たのは、幼い頃の自分を助ける為かもな。どうだ、聞いてみるとロクでもない独りよがりだろう？」

「……そうか。大人……大人ってなんだろうな？」

「それを考えられるのは子供のうちだけだ。悩むといい」

壊れた大扉の残骸を乗り越え、ゴーレムの前まで戻る。

保護と宣《のたま》う壊れたゴーレムの腕が、ピクリと動いた気がした。

「保護対象の脱走を確認——確認——保護——」

「まだ動けるのか」

巨人が如き威容を放つゴーレムが膝立《ひざだ》ちになり、こちらを睨んだ。

こいつがいればダンジョン攻略の障りになり、妖精《ようせい》の暮らしの邪魔になる。

「ゴーレム、お前の主《あるじ》はもういない。武装を解除しろ」

「保護します」

「無理か……ギエナ……最後の授業を始める」

「死ぬ前提で授業すんな。どうすんだよアレ、勝てるのか……」

アダマン鋼を鋼鉄の剣で打ち破れるか？

否である。どれだけマナで鍛えた剣であっても、素材の違いを埋めるのは難しい。

機先を制するべくサレハが鎖を飛ばし、銃身がある右手を縛った。

「ギエナ、ゴーレムには核がある。魔眼で場所を探してくれ」

ぶわりと地面のホコリを吹き飛ばしながらギエナが飛び、ゴーレムの周りを旋回した。

ギエナの魔眼は役立たずではない。誰かとの共闘であれば、有用性は跳ね上がる。

「左胸、心臓部分に何かがあるっ！」

「分かったっ！」

対敵の動きは鈍くなっている。あれだけの高さを落下したのだから、少なからず損傷はあるはずだ。

跳躍し、顎部《がく》を蹴り上げる。

ゴーレムは意識を失ったかのように倒れ伏し、赤い目が何度か揺らいだ。

「サレハ、魔力を全部使ってもいい。縛り上げてくれ」

「分かりました。全力で行きます！」

巨人を縛り上げるようにして頭、胸部、両腕、両足、その体の全てを鎖で縛り上げる。

身動《みじろ》ぎしようとするゴーレムだが、縛《いまし》めからは抜け出せないでいた。

「これは熱を生み出す遺物だ」

不滅の種火《イムレタル・イーニス》を取り出す。あれから時間が経ったおかげで熱はすっかり引いていて、素手で持っても問題ない。

「調べてみたんだが、魔力や衝撃を与えると熱が出る仕組みらしい」

「それで、どうすんだよ？」

「全ての金属には融点がある。鉄が溶けるように、アダマン鋼も熱すれば溶ける」

遺物をゴーレムの左胸の上に置く。

ズレないように大扉の残骸を周りに置き、固定する。

　そして鉄床《かなとこ》でハンマーを振るうように、剣を振り下ろした。

「うわ、すっげェ音。溶けるまで熱を出させるのか？」

「難しいな。アダマン鋼の融点は信じられないほど高い。硬い金属ほど融点が高いと言われているな」

「へー、知らなかった」

　剣を打ち下ろし続けていると、遺物は赤熱化して熱を生んだ。

「だが核は別だ。ゴーレムの思考は核で為されていて、そこまで頑丈ではない。外から熱していけば……」

「熱が核に伝わるのか」

「アダマン鋼は熱を通しやすい性質がある。銅には負けるが、鋼鉄よりは通しやすいな」

「これが授業ってわけか。なるほどな」

「そうだ。ギエナの魔眼がなければ核の位置は分からなかった。個性を活《い》かした戦い方ってやつだ」

　ギエナが愉快そうに笑い、俺を見上げてくる。

　遺物が発する熱のせいで汗だくだが、晴れ晴れとした笑顔だった。

「また個性の話かよ、先生」

第15話 奴隷契約

Expulsion prince of out-of-skill, infinite growth in a mysterious dungeon

ハーフェンの安宿でトールは窓越しの外を眺めている。

ダンジョンで倒したゴーレムは他の魔物と違って死んでも消えることがなく、アダマン鋼の大量獲得は富をもたらした。

思わぬ幸運を前にして、トールはアンリに頼み込んだのだ。

人生一回分のお金を貸してくださいと。

トールの故郷は豊かな方であったが、恵みが少ない年は飢えることもあった。金の大切さや飢えに耐える冬の辛《つら》さも身にしみて知っている。

通りを挟んで向かい――バラックのような建物で働く人も、好き好んで苦界に身を落としたのではない。止むに止まれぬ事情があったことはトールにも分かる。

「――とうに、――なの――――ないっ！」

ガラス窓を閉め切っているので大声で叫ぶ男は見えるが、声はとぎれとぎれにしか聞こえない。

（すごく慌ててる。アンリは中で何してるんだろ）

ハーフェンに来てから三時間。安宿の一室を取り、トールはアンリから言われたままに手持ち無沙汰《ぶさた》で待っている。

「伯爵――家――らせを――――」

また、身なりのいい男が馬を走らせ都市の方に消えていった。

噂話をする商人、恐れて逃げる物乞《ものご》いの人、剣を腰に佩《は》いた領主兵も目を光らせて見回りをしている。

「あ……っ！」

トールは思わず窓に両手をついて、外の風景に齧《かじ》りついてしまった。

そこにはアンリがいる。隣には奴隷服を来た同胞――セルマの姿が見える。

安宿の扉が開く音。驚く主人の声。悲鳴を上げるような階段の軋《きし》む音を聞いていれば、心臓の鼓動はどんどんと速くなっていく。

心音を落ち着ける時間も許さずに――ドアは開く。

「友人を連れてきた」

「ありがとう……」

「セルマ、君を身請けしたのはトールだ。礼を言っておくといい。二人で積もる話もあるだろうし、俺は下で待っている」

そう言ってアンリは目線でセルマに入るように伝える。

「セルマの処遇は全てトールに任せる。なにかあれば〝呼んで〟くれ」

緊急時は遺物の指輪で念話を飛ばせ、ということだろう。

アンリは音もさせずにドアを閉めた。

二つのベッドと机が一つだけの部屋はどこか寒々しい。トールは場を明るくしようと、旧知の同胞に声をかけようとしたが、何も思いつかずに口を噤《つぐ》んでしまった。

「あの貴族……何者なの？　伯爵の使いが死ぬほど慌てていたわよ」

「あたしも知らないよ」

先に口を開いたのはセルマで、ヒュームへの不信感を顕《あらわ》にしていた。

「公爵か伯爵家あたりのバカ息子でしょ。あんたもいい人に拾われたわね。ったく、羨《うら》ましいったらありゃしない……」

「アンリはそんなんじゃない。バカにしないで」

何も知らないくせに、勝手を言うのは許せない。

セルマの陰険な性格は村にいた頃から変わりない。いや、むしろこの街で過ごした辛い日々がその性格に拍車をかけてしまったのではないかと、トールには思えた。

「だけど金は出して貰ったんでしょ。ちゃんとご奉仕して恩返ししなさいよ。私がヒューム相手にしたようにさ……」

ベッド脇の椅子に座ったセルマの顔には疲労が滲《にじ》んでいた。

トールはベッドに腰を下ろし、胸の中の苛立《いらだ》ちを無理やりに収める。

「あいつは、喚《わめ》き散らしてたわ。今日は変わった趣向の女を抱きたい、俺を誰だと思ってやがるって……それでエルフの私があてがわれてた。気に入ったからこいつを売れ、じゃなきゃ店を潰《つぶ》すぞって凄《すご》んでたわ」

「エルフを身請けするのは不自然だから……演技したんだよ」

窓から差し込む光がホコリを照らしている。

トールは指先で太ももをトントンと叩《たた》き、セルマの言葉を待った。

「……あんたの顔を見てやっと分かったわ。あいつが異常者だって」

「異常者……？」

平民相手にここまでの世話を焼く人間が異常者なはずがない。トールは下唇を噛《か》みつつ、相変わらず人の善意を信じようとしない同胞に怒りを募らせた。

「貴族として生まれたら、あんな風には育たない。あいつ……何か隠してるわよ。庶子だとか……犯罪者だとか、何かは分かんないけど」

「そんなのセルマに関係ないでしょ」

「あの男が私のご主人様になるのなら、関係はある。そう言えば私は何人目なの？　私を買ったってことは……みんなはもう助かってるんでしょ？」

「ううん……助けたのはセルマが最初」

セルマが椅子を蹴立《けた》てて立ち上がる。

トールはベッドシーツの端を握りしめ、友人とも言えない同胞と相対する。

「なんで……私を……おかしいわよトール。私と貴方《あなた》は友達なんかじゃないのに……」

トールが故郷で過ごした十四年間――セルマと友情を温めあうことはなかった。馬が合わないとはよく言ったもので、目を合わせれば互いに嫌悪感を持つような仲でしかない。

セルマも身請けされた理由が分からないようで、トールを不審げな瞳《ひとみ》で見つめている。

「あたしは否定したい。だから選ばなかった」

「よく分からないわ。ロニャだって……ウルスラとかエドラとか……あんたと仲が良かった奴を選べば良かったじゃない。なんで……私なんかを……」

セルマは目尻《めじり》に涙を溜《た》めながら、友の名を挙げた。

シーラが作る薬の材料を一緒に採りに行ってくれたロニャ。

恋多きウルスラは悪友だけれども、気兼ねなく接せられた。

エドラは顔が怖いが実は動物好きで、一緒に兎を探したこともある。

皆、トールにとっては大切な人で、助けられるものなら助けたいと強く願っている。

「否定するの。あたしはシーラに値札を付けた奴隷商とは違うって胸を張って言いたい。だから、あたしは選ばない。最初に見つけたセルマを助けるって決めた」

「トール……貴方……」

「……セルマ。セルマはどうしたいの？　うちの領主の下で働く？」

「私は神殿に入りたい。今は貴方たちの奴隷だから、これはお願いだけど」

「セルマがしたいようにすればいいと思う。けど……エルフがヒュームの神殿って大丈夫なの？」

「新任の神殿長はいい人よ。私たちが性病にならないように治癒魔術をかけてくださるの。もし自由になれたら神殿に来なさいって言ってくれたわ」

「うちの領主もいい人だよ。セルマは誤解してる」

「庇《かば》うじゃない。もう抱いてもらった？」

「だから……そうやってっ！　バカにしないでよっ！」

恩人を侮辱された怒りで血がカッと熱くなるようだ。だけどセルマは嘲《あざけ》る顔をしておず、どちらかと言うとトールを心配しているようだった。

「抱きもしない男が善人かしら……？　一番ヤバい客ってね、最初は抱こうとしなくて……何回か来てから豹変《ひょうへん》する奴なの」

「そんなんじゃない……」

「よくしてくれた先輩が、そいつに殺された」

セルマの粗末な麻の服が、握りしめられてシワを作る。

セルマはもうここにはいたくないと言わんばかりに、ドアの前に歩を進めた。

「もう二度と会いたくないわ。私……貴方のことが昔から嫌いだった」

「あたしも大嫌いだった」

ドアノブを握りしめるセルマは部屋から出ていこうとしない。

「西門を出てから目立つ岩が三つ並んでる。十日に一度、その根本に手紙を埋めとく。ハーフェンで動きがあったら、書き留めておくから」

「字……書けるの？」

「客から教えてもらったわ。お優しい人もいたものね。それと貴方は聞きたくないでしょうけど、軍人さんに聞いておいたわ。あのね、――――」

セルマが語るのは、村が傭兵《ようへい》団に滅ぼされたあの日のこと。

夢によく見る、忘れることができない、最後の思い出。

「――大丈夫？　やっぱり言うべきじゃなかったかしら……」

「ううん。教えてくれてありがとう……またね、セルマ」

「さようなら……トール」

セルマは一度も振り返ることなく、部屋から出ていった――


――部屋にアンリが戻ってくれば、奴隷契約の話が始まる。

机の上には何かが書き込まれた紙があり、アンリは傍らのベッドに座っている。トールはアンリが指差す先の椅子に座り、羽根ペンを手に取った。

「これが契約書だ」

「はい……約束通り、あたし……私はアンリ様の奴隷になります」

呪術が施された契約書でないのは信頼してくれている証《あかし》だとトールは考える。

出会ってから過ごした月日は短いけれども、こうして人生一回分のお金を貸してくれるのだ。今日からはどんな命令でも聞く、従順な奴隷にならなければいけない。

セルマを身請けする為にかかったお金は十万ルウナ。田舎であれば一軒家を買えるほどの大金であり、当然トールには払えない。

「サインをここに」

契約書の横にもう一枚紙がある。そこにはトール・ルンベックと書かれているとアンリが説明した為、トールは契約書にそれを真似て書いた。

「これで私は奴隷ですね。アンリ様、これからも私を使ってください」

どんな命令が来るかと思うと怖い。

男の欲望というのは女であるトールには理解しがたいが、紛れもなくアンリも男であるのだ。求められれば、奴隷として応《こた》える必要がある。

「トール」

名を呼ばれた。シーラとは違う低い声に、トールはビクリと肩を震わせた。

「騙《だま》されたな」

ククと陰気な笑い方をするアンリである。

契約書の左下に羽根ペンを滑らせ、恐らくだが名前を書いた。

「よく見ろ。これは奴隷契約ではなく、貸借契約だ。十万ルウナを無利子で貸す旨が書かれている。アダマン鋼の発見報酬を相殺しているから実際の返却額は七万五千ルウナだ」

「アンリ様……けど……大金です。私は奴隷になる覚悟をしてここにきました」

「だがサイン済みだ。それと口調も元に戻すんだな」

「不敬です、できません」

アンリが意地の悪い笑顔をしながら契約書を広げる。

こちらに見せつけるようにして、端の方を指差していた。

「契約備考欄には——借り主は口調を貸し主の希望通りにする——とある。従えない場合は月利を一割に改めるから……無返済だと一年後にはだいたい十七万ルウナになる計算だ」

「暴利ですっ！」

「口調。月利を取るぞ、月利を」

「くっ……暴利じゃゃんっ！　おかしーよ、そんなのー！」

「世の中はおかしいんだ。文字が読めなければバカみたいな契約を交わさせられるし、力がなければ奴隷になる。それに俺は領内の裁判権を持っているから、不当申し立てをしても全部もみ消すからな」

アンリは契約書をくるくると巻き、紐《ひも》で留めてから袋にしまった。

あれではもう手出しができない。

「今まで通りでいこう。ダンジョンに一日潜るたびに八十ルウナを払う契約になっているから九百三十八日で完済となる。それ以外で金を稼げば返済に当ててもいいし、方法は任せる」

「それも契約備考欄に書いてあるの？」

「ああ、またシーラに読んでもらうといい」

なぜこんなにもよくしてくれるのかがトールには分からない。

見ず知らずの奴隷を助けてくれて、生きる力を、同胞を助けるお金まで与えてくれた。

異性として好意を抱いているからという線は薄い。そういった視線は今まで感じてこなかった。

「懐かしいな。最初に会った時もトールは慣れない敬語を使おうとしていた」

「敬語なんて村長にも使ってなかったもん。あれでも……結構頑張ってたんだよ」

ロウソクの淡い光がアンリの頬を照らしている。

ベッドに突いた手がシーツをへこませていて、ときおり姿勢を変えるせいか僅《わず》かに木が軋《きし》む音がした。

「……指輪を貰《もら》った時にさ……お父さんのことを思い出したよ」

沈黙が苦痛だったから口を開いたのではない。

横顔が誰かと被ってしまったのだろうか。

それとも喋《しゃべ》って楽になりたかったのだろうか。

トールは故郷の話を語り始め、アンリは黙って聞く。

「シーラとあたしの色違いのイヤリングだけどさ、お父さんがお母さんに買ったものだったの。お母さんは子供にあげなさいーって言って、お父さんは一人分しかないからすごく慌ててた」

「赤と青のイヤリングか。父君はどうされたんだ？」

「助け船ってわけじゃないけど、青色のをあたしが貰うって言って赤色のをシーラにあげた。互いの耳につけあって……お話はそれでお終《しま》い。おとぎ話みたいな綺麗《きれい》な落ちはないの」

「父君は複雑な気持ちだったろうな」

「なんで？」

「娘が成長するのは……嬉《うれ》しいだろうが、寂しくもあるだろう。娘が自分の手を離れていくのは男親にとって辛《つら》いと聞く」

そうだったのだろうか。

いつも朗らかで周りの人を笑顔にしていた父を、トールは心から尊敬していた。そんな父でも小さなことで悩むのかが、さっぱり分からない。

子供の頃はいつかあの人みたいになろうと思っていた。そうすればシーラと一緒に幸せに過ごせると信じて疑わなかった。

「会いたいだろう？　戦争が終われば、シーラと一緒に捜しに行こう」

「ありがとう……アンリ……」

神殿に向かうセルマが、背中越しに言った言葉。

――トビアスさんとノーラさんは残念だったね。

忘れようと思ったが……どうしても忘れることは敵《かな》わない。

そうだ、目の前で殺されたのだ。

火に焼き尽くされ、炭化した体を……臭いをまだ憶《おぼ》えている。

――二人を殺した金髪の男だけど名前は調べといた。

金髪の偉丈夫。火と氷の大精霊を使役する――恐ろしい男。

傭兵団長を顎《あご》で使い、劣等種を間引きしろと冷たい声で言っていた。

――ミルトゥ・ルクスド・ボースハイト。第三王子――ボースハイトの悪魔よ。

父と母の仇《かたき》。憎むべき殺戮《さつりく》者の名。

トールが魂魄《こんぱく》に刻み込んだ名は決して消えることはない。

「大丈夫か……顔色が悪いな。早く村に戻ろう」

「ちょっと辛いかも……ごめん……ちょっとだけ……」

少し疲れてしまったと、トールはアンリの隣に腰掛ける。

意図を摑《つか》めていないアンリが困り顔をするのだが、その顔が父に似ているのでおかしくて吹き出してしまった。

「……セルマ、神殿に行くって……ごめんなさい。お金を出してくれたのに」

こてんと、トールはアンリの胸板に頭を預ける。

心臓の音が聞こえるせいか、どこか安らいだ気持ちになる。

「謝らないでくれ……悪いのは、トールじゃないんだから……」

「うん……ありがとう……」

トールは顔を上げて、努めて——笑った。

復讐《ふくしゅう》を果たすその時まで、笑わなければいけない。

いつも元気をくれた父のように。

第16話　公衆浴場

Expulsion prince of out-of-skill, infinite growth in a mysterious dungeon

ギエナの救出より三十日。俺の村にもようやく平穏が訪れてくれた。

揉《も》めに揉めたがギエナの処遇は想定通りに追放処分。泣きながら岩に頭を打ち付けようとしていたルーコン氏を宥《なだ》めるのは本当に大変であった。

危うく翠羽氏族《グリーンフェザー》と戦争になるところだったのだ。ギエナが氏族長の息子でなければ死罪もあり得る大失態であり、イェルキバさんも苦渋の決断を下す他なかった。

ただし追放は五年間の期限付きとなる。

行く場所を決めるのはギエナの勝手であり、俺の村に住みたいと言うのを止める権利は風渡氏族《ハイレイブン》にはない。

五年後にはギエナを返す裏約束も交わしているが、これを知らないのは当の本人だけだ。

「注文通り発着台も付けといたぞい」

「いい感じだ」

「へいへい、注文の多いガキじゃったわ。また母君によろしく伝えておいてくれい」

「ありがとうな。また仕事を頼むと思う」

俺の村にドワーフがやってきた。髭《ひげ》が立派な筋骨隆々の男たちは噂に聞いた通りの風貌《ふうぼう》で、僅《わず》かな時間で立派な建物を建ててくれた。

シリウスが以前に言っていた〝流れの建築集団〟とはドワーフのことだったらしい。

公衆浴場、それと併設の二階建ての宿。まるで火山地方にある温泉宿のようである。宿の窓から直接出る為のギエナ専用発着台も見える。

「先生、風呂《ふろ》と宿だけで良かったんすか？」

ドワーフの集団から離れて、ギエナがこちらにやってきた。

アダマン鋼の一部を譲り渡した対価としては十分だろう。むしろドワーフとの伝手《つて》ができた方が嬉しい。遺物に頼らない建築も模索していたところだったのだ。

「風呂か……何だか、とてつもない回り道をした気分だ……」

「しみじみ言うとオッサンみたいっすね」

「若く見られるよりはいい。俺はもう成人しているんだからな」

ギエナには宿の管理を任せる予定である。イェルキバさんたっての願いであり、息子に職を与えたいのと、数値の管理を学ばせたいという親心を感じさせられた。

「ちょっとドワーフの職人と話してきていいかな？」

「いいんじゃねェすか。ここの責任者なんだから」

「ちょっと行ってくる」

小走りでドワーフの職人に近づく。

背が低いので見下げる形になってしまうが、子供にするように目線を合わせるのも無礼だろう。なのでこのままで行く。

「こんにちは」

「おう、坊主はなんの獣人じゃわいの？　翼も尻尾《しっぽ》もないがの」

「ヒュームです」

「…………」

「ここって地面掘ったら地下水って出そうですか？」

「…………」

「実は、ドワーフが作る兵器が子供の頃から好きでして、手持ち大砲《カノン》の金属厚と火薬量の係数計算率が変わった点について、ぜひ話をできればと思うのですが」

「仕事の依頼はギエナ様やイェルキバ様を通じて願います」

「はい」

どのドワーフも俺と決して目線を合わそうとはしない。

久々のこの感じ……胃の腑《ふ》がギュッと収縮する感覚はとても辛い。

「嫌われてんなァ、先生……ていうか、ヒュームが……」

ギエナのもとに戻ると、心底同情されてしまった。

「俺の国は……彼らの帝都を水没させたから……」

「ああ……あの聖地の大穴に湖水を流し込んだやつっすね……」

「酷《ひど》い戦争でな、俺たちも報復として第六軍団の野営地を地下から爆破されたんだ。一万三千人が一度に死んだらしい」

ドワーフたちが仕事を終えて去っていく。

彼らは飼いならした地竜に特大の荷車を引かせ、防壁の大門から堂々と退場していった。

あれならばうちの領地でも安全に移動できるだろう。

「今後のドワーフたちとの交渉だが、ギエナに間に入ってもらっていいか？」

「いいすよ。てか先生は俺の上役なんだから命令すればいいじゃん」

「そういうものなのか？」

「そーいうもんすよ。もっと威張ればいいと思うんすけどね」

「俺は偉そうな為政者ではなく、気さくな氏族長を目指しているんだ」

「まずはその世界の全てを恨んでそうな目つきを直した方がいいっす」

生意気を言ってくれる。

頭を撫《な》でてやろうと手を伸ばせば、ギエナは機敏な動きでかわした。

ギエナはどこか肩の荷が下りたような顔をしていて、今は新しい生活に対する高揚感と不安を噛《か》み締《し》めているようだ。

立派な大人ならギエナの悩みを解決して、母と姉との間を取り持っただろう。だが俺にできるのはこれくらいで、とても最善の選択とは言えない。

「風呂に入ってみるか」

「遺物で温める風呂なんて、贅沢《ぜいたく》の極みっすね」

「草原で風呂に入るにはこれが一番なんだ」

公衆浴場は男と女で入り口が分かれている。

男湯の入り口では、戦士たちが遠巻きに見ていて入るかどうか悩んでいた。獣人は被毛が濡《ぬ》れるのを本能的に嫌がる者も多く、風呂文化は定着していない。

反面、女湯前は盛況であり――誰が一番に入るかを賑《にぎ》やかに話し合っていた。

「姐《ねえ》さんたちが一番ですよー、やっぱり」

若い娘に背を押されているのはトールとシーラだ。石鹸《せっけん》と着替えが入った木桶《きおけ》を持つ二人は困惑しながら女湯に入っていく――


――シーラは姉と一緒に脱衣場で服を脱ぎ、浴場に入る。

よく磨かれた石でできた浴場はとても綺麗で、石で象《かたど》られた獅子《しし》の口からはお湯がこんこんと湧き出ていた。

水生みの筒《インフィニトム》で水を生み出し、三階層で見つけた不滅の種火《イムレタル・イーニス》という熱を生み出す遺物でお湯にする仕組みだ。

お湯の中に手を入れると程よく温かい。

木桶でお湯を掬《すく》い、体を洗う為の腰掛け場に二人で座る。そして試作品の石鹸を使って体を清め始めた。

「姐さん、背中を洗いましょうか？」

「お姉ちゃん……」

「冗談だってー。怒んないでよ～……」

シーラから見た姉の表情に陰りはない。それは以前にハーフェンの街で起きた〝何か〟が知らない間に解決していたことを意味する。

子供の頃より悩みは全て半分こにしてきたのに、とシーラは姉に見えないように頬を膨らませた。

「お兄さんと何かあったの？」

「何もなかったよ。セルマのことでお世話になっただけ」

「何かあったんだ……」

「何もないって。もー、疑《うたぐ》り深いなー」

シーラの一番は今の生活を守ることに尽きる。

姉のように同胞を助ける——その為に借金し、金を稼ぎ、強さを求めるという考えには至らない。それが薄情だと、シーラ自身もよく理解し、自戒している。

けれど、父と母が目の前で殺されて、自分の中の何かが折れてしまった。

恐ろしげな金髪の男は指先一本で大勢を殺し、その時に人の命が平等でないと分かってしまった。幾ら心で抗《あらが》おうとしても、大河の流れに逆らって泳ぐようなものだ。

復讐なんて考えられない。思い出したくもない。

遠くの同胞よりも、今一緒に過ごしている人たちを守りたい。

与えられた錬金術の力はその為に使うべきだと、シーラは考えている。

「頭にお湯かけるよ。目、つむって」

木桶から落ちてくるお湯で髪がしっとりと濡れる。

シーラは石鹼で髪を泡立てていく。長い髪だと中々に大変で、短い時間で済ませてしまえる姉が羨《うらや》ましくなる。

「ジッと指輪なんか見ちゃって……どうしたの？」

無意識のうちに左手の薬指を見てしまっていた。

「綺麗《きれい》だな……って思ったの。古代人も言葉を届けたい人ができたら、この指輪を贈ったのかな。お姉ちゃんは指輪でお話ししたりする？」

「アンリとはたまにしかしないよ。忙しかったら悪いから」

「そこでお兄さんの名前を出すんだー？」

「雇い主だから当たり前。あのね……あたしは恋愛とかよく分かんないし、そーいうんじゃないの。アンリとは言うならば戦友……とか相棒とか、そんな感じ」

「ふーん。ふふふ」

また頭にお湯をかけてもらう。勢いはさっきより強かった。

（お姉ちゃんってお兄さんのこと、好きなのかな？）

ダンジョンで、ヒュームの街で……戦えるトールはアンリと一緒にいる時間が誰よりも長い。若い男女なのだからふとした切っ掛けで〝そう〟なってもおかしくはない。

シーラはそんな将来を想像してみたが、胸がモヤモヤとするだけだった。

「邪魔するよ、お嬢さんたち」

入り口から堂々と入ってきたのはイェルキバだった。

作法が分からないのか最初に湯船に入ろうとしたので、シーラは慌てて止める。

「最初に体を清めてから入るんですよ」

「そうだったかい。普段は水浴びだからねぇ、失礼しちまったよ」

「いえいえ、石鹼もありますので使ってください」

「ありがとうね、可愛いお嬢さん方」

イェルキバは腰掛け場にドンと腰を下ろし、豪快に湯を被った。

一人で翼と髪を洗うのは大変だろうと、シーラはトールと一緒に石鹼を泡立てて、清めの手伝いを始める。

「翼と髪の毛は一人だと洗うのが大変ですよね」

「普段は旦那《だんな》と一緒に洗ってるのさ」

中々泡立たない髪の毛を悪戦苦闘しながら洗う。指を通すたびにギシギシと軋《きし》んだ音を出す髪は、石鹼の効果により滑らかになっていった。

これは治癒ポーションの配分を多くした試作品であり、市場に出すものはもう少し効果を抑えるつもりだ。アンリが言っていた〝古代錬金術の秘匿〟はシーラにとっても理解できる。

「湯船に入ってもいいかい？」

筋肉質な体を見せつけるようにイェルキバがそう言った。

矢傷が絶えない体は歴戦の勇士の証《あかし》であり、背の逃げ傷は一つたりともない。

「ええ、皆で入りましょう」

シーラは湯船に恐る恐る体を入れる。体の芯《しん》から熱が伝わってくるような感覚はとても不思議で、同時に贅沢でもある。

隣のトールは「あぁー」と感嘆の声を漏らし、首まで湯船に使って満喫していた。

「今日はギエナさんを見に来られたんですか？」

「そうさね。先生に迷惑をかけてないか、気になってね」

「お風呂上《ふろあ》がりに一緒にお食事をしましょう。きっとギエナさんも喜びます」

「いや……止めとくよ。風呂を出たら、すぐに帰るさ」

シーラはイェルキバにぐりぐりと頭を撫でられる。

なぜ帰るのかがとても不可解で、なぜだろうかとシーラは首を傾げた。

「私は生まれた時から才能の塊だったのさ、剣も槍《やり》も弓も……魔術だって簡単に覚えてねぇ……そんなだからギエナの育て方が分からなかった」

「ギエナさんは……イェルキバ様をとても尊敬していますよ……」

「私は戦士にはなれたけど、親にはなれなかったのさ」

明るく、吐き出すようにイェルキバが言うが、その心中を察するのはとても難しい。

「その点、先生は先生向きだね。弱い人間の気持ちが分かるし、不器用だけど寄り添える。ギエナもああいう人の子に生まれれば、もっと幸せだったのかねぇ」

イェルキバは湯船に頭まで浸かり、数秒してから浮かび上がってくる。

まるで弱音を吐いた恥ずかしさを水の中に捨ててきたかのように思えた。

「子供は、もうできたかい？」

コドモ？　モウデキタカイ？

不可解な言葉にシーラはとても混乱した。

子供ができたらハーフエルフになるのか、それともハーフヒュームになるのか、とても複雑な命題を処理する気持ちの余裕はとてもない。

「こ、婚約者ですから……子供がいたらおかしいです……」

「それはエルフの慣習だろう」

「ヒュームの慣習でもたぶん違うんじゃないですかぁ……」

「だけどね、ここは獣人の地だ。先生も合わせなければいけないさ。それはシリウスからたーっぷり聞かされてるだろうねぇ」

カカカとイェルキバが愉快そうに笑う。風呂を堪能《たんのう》していた姉がこちらを湿った視線で見てくるので、シーラは慌てふためくばかりだった。

「子供がいないうちは本当の夫婦じゃないさ。シーラ殿がもし先生に乗り気じゃないなら、うちの娘たちを代わりにどうかって考えているのさ」

「それは……」

シーラは止めるべき言葉を言えないでいた。

貴族と有力な氏族長の娘——釣り合いはシーラより遥《はる》かに取れている。

止める権利がないのはよく分かる。だが政略結婚という言葉がふと脳裏に浮かび、シーラは嫌な気分になった。

「駄目だってっ！」

先に否を唱えたのはトールだった。

シーラは姉を驚愕《きようがく》の心地で見つめ、イェルキバも意外だったのか声を失っていた。

「そ、そうかい。悪かったね」

「あ、ごめんなさい……大声を出しちゃって……」

「いやいや、ビックリさせちまったね。けどからかったわけじゃないのさ。うちの息子が誰かに懐いたのは初めてでねぇ。先生ならウチのバカ娘たちとも上手《うま》くやれるのかもって思ったのさ」

「ギエナさんからお姉さんたちのことを聞いてますけど、うちの領主とは気が合わないと思いますよ。シーラみたいな優しい子が合ってます……うん」

「確かにうちのバカ娘どもは先生を壊してしまうかもねぇ」

「壊れたら困るんですけど……」

トールはどこか必死で、シーラは思わず笑ってしまいそうになり手で口を押さえた。

イェルキバは一度頷《うなず》き、湯船から上がる。

湯船の水面が嵐のように揺れて、シーラは体がぐらりと傾いた。

「今日より五年間、あの子をお願いします。これは氏族長ではなく母としてのお願いさ。憐《あわ》れと思って聞いてくれると助かるねぇ」

背中で語るその様子は、失礼だがとても男らしかった。

シーラはそんな気持ちをグッと抑え、後ろ手を振るイェルキバを見送る。

「先生は将器はないけれど、将を率いる将には成り得る。周りの人間がなんとかしなくちやって持ち上げようとする人間はねぇ、そりゃあ大成するよ」

イェルキバが言う。それは最高の賛辞に思えた。

「けれど先生の星は狂奔のそれさ。ちゃんと見ておかなくちゃあ、あの人は革命軍なり反乱軍の頭目に祭り上げられて、どっかに首を晒《さら》す羽目になるよ」

入る前とは見違えるような黒髪を翻し、イェルキバは去っていった。

「何だかすごい話だったね、お姉ちゃん」

「うん、危うく取り込まれるところだった」

「取り込まれる……ああ、そっか！」

シーラは今更になって気づく。

アンリが政略結婚をしても、相手の方が規模が大きいのでこちらは取り込まれるだけだ。婿養子にでもなれば、この村は風渡氏族《ハイレイブン》の傘下になるのみだと。

歴戦の氏族長からすればこちらは赤子同然だった。今後も気を引き締めないと婚約者としての務めを果たすなど夢のまた夢だろう。

シーラは頭を整理するようにして、しばらく湯船に浸かっていた。

エピローグ

Expulsion prince of out-of-skill, infinite growth in a mysterious dungeon

女湯の方からイェルキバさんの声が聞こえた気がした。子供がどうとか、何とか。

気のせいだっただろうか、湯の温かさで頭が茹《ゆ》だって、幻聴を聞いた可能性も否定できない。

俺は俺を信用していないのだ。必然、俺の各種器官も信用できないと来ている。

「長《おさ》よ、湯船の下の方は女湯と繋《つな》がっているぞ」

これは幻聴ではない。妄言にして暴言だ。

声の主のフェインを半目で睨《にら》む。

「もし覗《のぞ》いたら全ての被毛を抜く」

「冗談だ。女にこれ以上嫌われたら、マジで結婚できなくなってしまう」

フェインの結婚問題は後回しとしたい。それよりも風呂、素晴らしき風呂だ。

湯船に浸かれば魂ごと洗われるようで、体の疲労など一瞬で取れてしまう。男衆で連れ立ち入っているが、皆も満足そうだ。

「こら、毛が浮いています。きちんと体を洗ってから入りましたか？」

シリウスが掬《すく》い網片手に湯船の中を奔走していた。

確かにギエナの羽根は浮いているし、銀色の毛も浮かんでいる。俺とサレハなどはきちんと体を清めてから入ったが、他は作法など知らないので、仕方がない面もある。

「全く、困ったものです。少し考えれば分かるでしょう」

「そこまで怒るな。今日はシリウスに羽を休めて欲しいと思って誘ったんだ」

「戦士の平均恩寵《おんちょう》度が上がった話をしようと思ったのですが、駄目でしょうか」

「明日にしよう。せっかくの風呂だ」

「畏《かしこ》まりました」

シリウスは肩まで湯船に浸かる。満足しているのか獣耳がピクリと動いた。

湯船の排水口が詰まっていないだろうかと確認すれば、ドワーフの工夫がされていたので杞憂《きゆう》だった。排水口には幾重にも網が重ねられていて、粗い目では羽根を、細い目では毛を搦《から》め捕っている。取り外しも可能なので清掃の手間はかからない。

「ふう……」

塩湖から採れる塩の交易は既に始まっている。

周辺で大きな勢力を誇る風渡氏族《ハイレイブン》と対等な取り引きをしたとなれば、俺たちの勢力の影響力も増す。この交易は領地の正統性を示す意味合いも強く、成功したことにほっと胸をなでおろしている。

ケンタウロスや大熊の獣人も勢力としては強いので、できれば安全なご近所付き合いをしたいものだ。

「シリウスはイェルキバさんの娘との縁談は嫌なのか？」

「死ぬほど嫌です。あの二人は性格に難がありすぎます」

そうきっぱりと断られては困ってしまう。

少し離れたところでギエナとサレハが何やら話していて、耳を澄ましてみれば同じ話題について話していると分かった。

「そう言えばギエナ君のお姉さんってどんな人なんですか？」

「あいつらは悪魔だ。いや上級悪魔だ。上のは剣ばっかり振ってるオーク女だな。オレを木剣でボコボコにしては『もっと強くなれ』って言うばっかだ。下のはいつも笑顔で人を貶《おとし》める魔女だ。オレを薬の実験台にしては『強くしてあげるからね』って笑いやがる」

「酷《ひど》いですね……」

サレハが俺が抱いたのと同じ感想を述べていた。オークと魔女……憶《おぼ》えておこう。

我がボースハイト家は女児が絶対に生まれない為、姉や妹という存在に憧《あこが》れはあった。本で読む限りは温かくも優しい存在だったのだが、実はそうでもないのだろうか。

「いつもベタベタ触ってきてオレを玩具《おもちゃ》にしやがる。弱者を側に置いてりゃあ、そりゃあ気持ちいいだろうな」

「ベタベタですか。仲が良いように聞こえますけど……」

「んなわけねェだろ。あんなだから男も寄り付かねェし……ずっとウチにいるから嫌だったんだよ……」

せいせいしたと笑うギエナだが……五年後には追放処分も解ける。

その時にはギエナの姉たちが迎えに来るのではないだろうか。可哀想に……。

「愛されてるような気が……？　ギエナ君は甘ったれなんでしょうか……」

「んだとっ！　ぬくぬくと育った貴族様には分かんねェよっ！」

「むー、分かります！　兄様なんて僕以外の兄弟に愛されてない上に、ギエナ君の数倍はボコボコにされてるんですよ！」

サレハの怒りはなんと俺に飛び火した。

二人が俺をジッと見てくるのは、どちらが正しいか判定を下して欲しいからだろう。

「明日は歴史の授業がある。どんな話を聞きたいか要望はあるか？」

「ごまかすなよ先生……まあ、英雄譚《たん》が聞きたいすね」

「僕は精霊信仰に関係する話がいいです」

意見の食い違う二人はムッとして睨み合った。

いつも王宮では俯《うつむ》いていたサレハが誰かと言い合うなど……どこか感慨深く感じる。ギエナとは切磋琢磨《せっさたくま》する良い競争相手になって欲しいところだ。

「いい話がある。次の授業を楽しみにしておいてくれ」

そろそろ体も温まった。

次に風呂《ふろ》に入る人もいるだろうし、俺たちは風呂を上がることにした。


外に出れば時刻は夕方である。

少し前までは夕方になれば肌寒かったのに、今日は少し暖かいものが混ざっている。そろそろ夏が来るのだろう。

ちょうどシーラたちも風呂を上がったようで、湯上がりの頬は血色が良い。

サウナ好きのスノーエルフには風呂は不評かと思ったが、上機嫌でこちらに手を振りながら歩いてくる二人を見ればそれは要《い》らぬ心配だと分かった。

「明日の授業だけど聖人ラトゥグリウスの話をしようと思う」

「確か……聖なる槍《やり》を持った拝月教の英雄ですよね」

「そうそう。水の精霊に愛された無貌《むぼう》の英雄だ」

今やシーラは基本文法を完全に理解し、算学の初歩も修めている。

どこの商家に奉公に出ても、きちんと務めを果たせるくらいだろう。それに根が真面目で、やる気も満ち溢《あふ》れているので、理想的な生徒と言える。

「ラトゥグリウスは色んな国を漫遊した英雄でな、異文化を知るには良い題材なんだ。それと聖人だけれども宗教臭くないのが皆向けかと思ってな」

「私も名前を知っているくらいです。どんな人なんですか？」

「そうだな……シーラは副教師だから、先に簡単に教えておくか」

ラトゥグリウスは無貌の英雄。

呪いのせいで誰にも名と顔を憶えてもらえない、悲劇の英雄だ。

性格はお人好《ひとよ》しで無鉄砲。しかし無双の英雄でもあり、旅先で多くの人を救い、そして同じ数だけ人々に忘れられてきた。

じゃあなんでラトゥグリウスの英雄伝説が残っているんだ、と野暮《やぼ》な言いがかりをつける者も多いが……それはそれである。そういうものなのだ。

「ダルムスク――砂漠の国の話が特に人気だな。倒れそうになるくらいに空腹な彼は、またまやっていた結婚式に勝手に参加して食事を摂《と》る。だけど物陰でこっそりと泣いている花嫁を見つけてしまうんだ」

「望まぬ結婚、だったのでしょうか？」

「そうだな。ダルムスクはあまり自由な気風ではなく、格式と伝統の国でもあるんだ」

そこで彼は泣いている花嫁を攫《さら》い、子供の頃結婚を約束した幼馴染《おさななじ》みのもとまで連れて行く。手持ちの金貨を袋ごと渡して物語は感動の最後……とはいかない。

「――どうなるんでしょうか？」

「花嫁を攫われて恥をかいた親族に袋叩《ふくろだた》きにされて、体を縄で縛られ……石を抱かされ湖に放り投げられた。彼はこの章ではさほど強くなくて……無鉄砲なだけだったから」

そして湖の底で彼は水の精霊と出会う。

彼は残り五分の命を賭《か》け、一世一代の勝負に挑んだ。なんと水の中で精霊を口説き落としたのだ。ちなみに「水の中でどうやって喋《しゃべ》ったの？」という突っ込みは昔からされているが……それを言うのは無粋の極みだと思う。

「水の精霊は彼が腰に下げた水筒を終《つい》の棲家《すみか》にした。性格は嫉妬《しっと》深《ぶか》く、ラトゥグリウスが女性と喋るだけで体の中に侵入して溺《おぼ》れさせせようとしてくるんだ」

「精霊は綺麗《きれい》ですけど、危ない存在でもあるとお話の中で教えているんですね」

「そうなんだろうな」

砂漠の国を出れば森の国。心優しき古竜と邪悪な妖精《ようせい》王のお話は、子供に特に人気がある。

妖精王に騙《だま》されて心優しき古竜を討ちそうになった彼は、とても反省して苦労して手に入れた聖なる槍を叩《たた》き折り、マナの力を古竜に与えるという話だ。

森の国の次は鉱石の国――酒に酔った彼は見知らぬ女性と結婚の約束をして、嫉妬《しっと》に駆られた水の精霊に殺されてしまう。

体を内側から真っ二つにされたが……なんと古竜が駆けつけて、蘇生《そせい》という神代の奇跡を成し遂げる。そんなこの章はある意味では愛と友情の物語と言えよう。とても血なまぐさいが。

「森の国のお話が好きです。けど鉱石の国は……子供にはちょっと……」

「俺もどうかと思う」

「ラトゥグリウス様は色んな国を回られたのですね。最後はどうされたんですか？」

「最後の国は――人の国……今の王国だ」

水の精霊は卑劣な罠《わな》で殺され、ラトゥグリウスは全てを失う。

自暴自棄になった彼は薄暗い路地裏で世界を呪うような慟哭《どうこく》を上げるのだ。

この英雄物語は七章からなる長編で、最後の章は特に好き嫌いの意見が割れると聞く。

「精霊が死んでしまうんですか……」

「結構好きな話なんだが……子供の頃は物語が終わるのが嫌だったから、最後の章だけ読んでなかった。精霊が死んだ後どうなるかは知らないんだ」

いつか手に入れたら読んでみたい。サレハから貰《もら》った栞《しおり》を挟んで、月光を灯《あか》りにして読んでみるのが楽しみだ。

長々と喋ってしまったおかげで、風呂で温まった体も程よく冷めた。

ふと公衆浴場を見れば、ぽつぽつと人が出て来始めている。皆の顔を見れば満足そうにしており、この調子だと風呂文化もすぐに定着するだろう。

「あいつは一人なんすか？」

ギエナが湯上がりのフルドを見てそう言った。

親子連れで風呂に入るものが多い中、フルドは一人で入ったのだろう。肩車をせがむ子を見て羨《うらや》ましそうな顔をするフルドを見て、ギエナは嘆息を漏らした。

「親を赤ん坊の頃に亡くしている」

「……そうだったんすね」

ガリガリと自分の頭を掻《か》くギエナは、どこか居心地悪そうにしていた。

大方、あいつの方が俺より苦労してんだなーとか、そんなつまらない考えに浸っているのだろう。

「比較するものではない」

「……ですかね」

シーラたちと一緒に入れるように段取りすべきだった。

集団の中で感じる孤独は、すっと胸の中に入ってきて、意地悪く居座るものだ。

「あー、領主さまだっ！」

湯上がりのフルドがこちらに駆けてくる。

小さな体で懸命に大地を蹴《け》り、勢いを殺すことなど一切考えていない。

そしてフルドは兎のように軽快に跳ねて——シリウスの腰に思いっきり抱きついた。

「ぐぉおおっ！」

呻《うめ》くシリウスはなんとか踏ん張り、フルドを抱き上げる。

湯上がりの弛緩《しかん》した体で子供の全力を受け止めるのは、中々に骨が折れそうだ。

「うしししっ！」

「今のは主《あるじ》に抱きつく流れだったでしょう」

「だまされたっ！　にひー」

「全く……主、お任せします」

シリウスはフルドをずいと差し出した。

両手を広げるフルドを抱きかかえると、器用に俺の背中によじ登ってきて、いつもの定位置に陣取られてしまう。

「領主さまー、ともだちがね、いってたよ？」

「何を言ってたんだ？」

「じゅぎょうに出てみたいって。つれてきてもいいー？」

フルドが指差す方には、こちらを不安げに見る子供たちがいた。

「いいぞ。歴史の授業を明日にするから、連れてきてくれ」

「きょうがいいな。領主さまのおうちでしようよー」

急な誘いだが別段今日でも明日でも変わりはしない。

「いいぞ」

「やったー！　みんな――っ！　いいって――!!」

思いもかけず俺の領民育成計画が一歩進んでしまった。

いずれ来るであろうヒュームの連中は「獣人はしょせん蛮族」などとほざいて領民を小

馬鹿にする恐れがある。

その時に教養を見せつけて……ビックリさせたい。ついでに高い恩寵度でもってビビらせてもやりたいのだ。

「そんなにフルドを甘やかさないでください。最近はワガママを言うことも増えて、きちんと躾けなければよそで恥をかかせてしまいます」

シリウスが背ではしゃぐフルドを見て、困り顔をした。

フルドはずっと我慢してきたのだろう。シリウスは村を守るのに必死で、子供のようにはとても甘えられなかったはずだ。

手間のかからない子供などいない。子供でいられなかった子供がいるだけだ。

そんな簡単な事実、シリウスも分かっている。分かってはいるが、どうしようもない。

「授業に大人も連れてくるのはどうですか、主よ」

「それもいいな。酒でも飲みながらそれぞれが知っている伝承について話そう。子供にとっても色んな文化を知れるいい機会だ」

「はい。では皆を呼んで参ります」

明日をも知れない俺たちだったが、生活の基盤がようやく整ってきた。

風渡氏族（ハイ・レイブン）とも関係は良好であるので、目下の問題も解決と言えよう。王国の情勢は気になるところだが、今のところ横槍《よこやり》はない。

為政者として責任を果たす……などと大仰に言うつもりはないが、ひとまず村長らしくは振る舞えたのではないだろうか。

皆と連れ立ち、家路を辿《たど》りながら――そんなことを考えていた。

外《はず》れスキルの追放王子《ついほうおうじ》、
不思議《ふしぎ》なダンジョンで無限成長《むげんせいちょう》2

著　ふなず

角川スニーカー文庫　22726

2021年8月1日　初版発行

発行者　青柳昌行

発　行　株式会社KADOKAWA
〒102-8177 東京都千代田区富士見2-13-3
電話　0570-002-301（ナビダイヤル）

印刷所　株式会社暁印刷
製本所　本間製本株式会社

●お問い合わせ
https://www.kadokawa.co.jp/（「お問い合わせ」へお進みください）
※内容によっては、お答えできない場合があります。
※サポートは日本国内のみとさせていただきます。
※Japanese text only

Printed in Japan　ISBN 978-4-04-111128-4　C0193

★ご意見、ご感想をお送りください★
〒102-8177 東京都千代田区富士見 2-13-3
株式会社KADOKAWA　角川スニーカー文庫編集部気付
「ふなず」先生
「珀石碧」先生

[スニーカー文庫公式サイト] ザ・スニーカーWEB　https://sneakerbunko.jp/